I -

Série Romance

RUTH LANGAN

Le sauvage de Kalaï

Les livres que votre cœur attend

Titre original : *Eden of Temptation* (317)
© 1984, Ruth Langan
Originally published by S_ILHOUETTE_ B_OOKS_,
division of Harlequin Enterprises Ltd,
Toronto, Canada

Traduction française de : Frédérique Boos
© 1985, Éditions J'ai Lu
27, rue Cassette, 75006 Paris

Chapitre premier

— Juste en dessous de nous, c'est le chenal de Kaulakahi, professeur Lowry !

Le Pacifique roulait des eaux bouillonnantes d'écume. Sur un signe du pilote, la passagère se força à regarder en bas. Premier contact avec les îles hawaiiennes... C'était terrorisant.

L'homme lui jeta un coup d'œil à la dérobée. Cette petite femme fragile au visage ovale mangé par un immense regard noisette, au chignon blond sévèrement tiré sur la nuque, ressemblait plus à une fillette égarée qu'à la botaniste de renom qu'elle était !

— Vous aviez déjà pris un de ces petits avions, professeur ?

— Oui, il y a longtemps...

Les premières minutes, elle avait manqué s'évanouir. Trop de souvenirs. Mais Ann Lowry traitait la peur comme tous les obstacles que la vie dressait sur son chemin : par le mépris. En toutes circonstances, elle parvenait à se contrôler. Quand l'appareil avait quitté la piste, elle avait fortement serré les poings et s'était appliquée à ne trahir aucune émotion. Rester maître de soi. Toute sa vie, elle avait respecté cette devise. Quand elle s'était retrouvée seule au monde, rejetée par l'unique parent qui lui restait, elle avait réussi à dissimuler son désespoir. Quand elle avait compris que ses étudiants ne partageraient jamais son amour de la science, elle avait continué à enseigner. Et grâce au contrôle continu qu'elle exerçait sur ses émotions, elle parvenait même à une sorte de sérénité : l'acceptation et l'optimisme prenaient le relais de la peur.

— C'est merveilleux, fit-elle au bout d'un moment. J'ai l'impression d'être un oiseau.

Sa voix ne tremblait pas... C'est vrai, se répétait Ann. Je ne mens pas. Je suis libre... totalement libre !

Libérée des contraintes universitaires qui avaient toujours modelé sa vie. A des milliers de kilomètres de son oncle, son tuteur et son juge le plus sévère. Enfin seule, pour tout un mois, livrée à elle-même et avide de plonger dans l'inconnu !

Je n'ai pas peur... Il y aura tant de choses à apprendre. L'occasion était inespérée. Tant de nouveauté... Une bouffée d'angoisse assaillit Ann mais, immédiatement, le Pr Lowry serra les dents.

— Nous y voici, professeur ! Kalaï, droit devant nous. L'île entière appartient à la famille Mac Farland. Vous voyez cette tache verte au-dessous de la montagne ? C'est la forêt !

L'avion amorça sa descente et Ann put détailler les pics montagneux, reliefs volcaniques, terres rouges striées d'ocre et de brun. En s'approchant, on apercevait les canyons, les chutes d'eau qui se perdaient en ruisseaux de plomb fondu. Et puis surtout il y avait la forêt, humide et mystérieuse, foisonnement végétal, véritable sanctuaire qu'avec l'aide de la science elle allait pénétrer...

Le versant nord-est des îles hawaiiennes recevait

presque toute l'année d'importantes précipitations, développant une végétation abondante : la forêt tropicale humide. Celle qui pour un mois allait devenir son terrain d'expériences, la concrétisation de ses rêves, la chance de sa vie. Toutes ses études ne tendaient qu'à ce but : pouvoir enfin un jour examiner sur place les plantes les plus rares, les photographier et les répertorier.

Au-delà de la forêt s'étalaient des prairies verdoyantes où paissaient des troupeaux. Ann distingua même quelques cabanes indigènes.

— Vous voyez ces cases tout en bas, professeur ? La famille Mac Farland encourage le mode de vie traditionnel des Hawaiiens. Et, pour mieux le préserver, l'île est *kapu*, interdite aux étrangers. Vous avez de la chance d'être invitée !

— Je sais ! J'ai lu tout ce que je pouvais trouver sur les Mac Farland... Des gens fascinants ! J'ai appris que leurs ancêtres venaient d'Ecosse et qu'ils ont reçu cette île d'un roi hawaiien, pour y développer un élevage de bétail. En deux siècles, l'archipel est passé de l'âge de pierre à l'ère moderne, rattaché aux Etats-Unis comme cinquantième Etat... Mais la vie des habitants a bien changé entre-temps !

— Il y a tant de mélanges sur nos îles, tant de cultures différentes ! Japonaise, chinoise, polynésienne, philippine, américaine...

— A laquelle appartenez-vous, Moï ?

Un grand sourire épanouit la face lunaire du pilote.

— Mais un peu à toutes, professeur !

Il fit faire à l'appareil un tour complet de l'île, se concentra sur le minuscule terrain d'atterrissage et plongea, filant droit comme un météore tombé du ciel. Ann serra les poings un peu plus fort... Au dernier moment, le pilote redressa la direction et les roues touchèrent terre presque sans heurt.

Debout près de la Jeep, un homme les regardait approcher.

Moï fit signe au mécanicien qui surveillait l'atterrissage et immobilisa l'appareil. Il ouvrit la porte, on sortit le marchepied. L'homme, toujours appuyé au capot de la Jeep, attendait tranquillement qu'apparaisse la dernière invitée de son père.

Il ne vit tout d'abord qu'un tailleur strict, des chaussures sages dont les talons claquaient sur les marches de métal. Et, sur son épaule, un énorme sac, deux fois plus gros qu'elle au moins ! De quelle couleur étaient donc ses cheveux ? Avec ce chignon d'institutrice, c'était difficile à dire... Châtain clair, blonds ? Assez ternes, à première vue. Quant aux yeux, ils se cachaient derrière des lunettes de soleil.

Malgré le poids de ses bagages, elle se mouvait avec la grâce inconsciente d'une enfant. A qui on aurait promis le Père Noël, à en juger par sa précipitation ! Comme tous les scientifiques qu'il avait pu observer, celle-ci ne tenait pas en place, bouillant de s'attaquer au travail qui l'attendait. Elle était bien comme les autres : énergie et discipline tendues vers un seul but.

Elle laissa tomber son sac à terre et fixa l'homme d'un œil impatient. Etait-ce bien lui qui devait l'accueillir ? Si oui, il ne semblait pas pressé de bouger. Allait-il rester longtemps planté là à la détailler ?

Le regard d'Ann ne devait pas engager à la méditation car il s'avança enfin et tendit la main.

— Professeur Lowry ?

Elle acquiesça et ôta ses lunettes, révélant de

remarquables yeux d'ambre, deux topazes brûlées
serties dans l'écrin laiteux de sa peau.

— Je préfère être appelée Ann. Vous êtes ?

Comment une voix aussi veloutée pouvait-elle
appartenir à la botaniste qu'on lui avait annoncée ?
La veille, il avait parcouru son curriculum vitae.
Une liste sèche et sans âme qui détaillait ses
diplômes mais restait muette sur sa personnalité...

— Jay Mac Farland.

Une main brunie par le soleil s'empara de la
sienne. Ann ressentit une curieuse sensation,
comme une décharge électrique tout le long de son
bras... Elle se dégagea rapidement. Cet homme
l'impressionnait et elle n'aimait pas cela. Sa carrure
était trop large, ses cheveux trop longs, sans parler
de cette broussaille brun-rouge qui masquait son
menton. A le voir ainsi hirsute et barbu, on imaginait parfaitement ses ancêtres ! Il avait simplement
remplacé le kilt par un short effrangé, assorti d'une
chemise à fleurs comme en portaient les indigènes.
L'ensemble était très, très décontracté...

— Oh ! le fils du Pr Ian Mac Farland ? D'après ce
que j'ai compris, vous êtes docteur en médecine
vétérinaire.

L'homme eut un sourire lent, un peu moqueur.
Elle avait bien appris sa leçon.

— Ici, je suis tout simplement Jaimie, le vétérinaire de l'île... Si vous voulez monter, mon père
vous attend.

Le pilote débarquait sa valise. Ann s'excusa rapidement :

— J'ai peur d'être en retard. J'espère que vous
n'avez pas dû patienter trop longtemps. Mais la
compagnie aérienne avait égaré un bagage qui
m'est indispensable : il contient les vêtements

recommandés pour la forêt tropicale et surtout l'ensemble de mes dossiers...

Jay désigna le sac resté à ses pieds :

— Et là-dedans ?

— Mon matériel photo. Je compte prendre de nombreux clichés des plantes que j'étudierai.

Jay avait soulevé valise et sac comme s'il s'agissait d'une plume mais Moï apportait encore un volumineux paquet.

— C'est le dernier, s'empressa de préciser Ann devant son air inquiet. Les bottes fourrées et le manteau que je portais en quittant la maison.

Il avait surpris la note amusée dans sa voix...

— Vous habitez Boston, je crois ?

— Oui, et c'est l'hiver là-bas...

Jay se tourna vers le pilote :

— Moï, veux-tu dîner avec nous avant de repartir ?

— Pas cette fois, Jaimie, merci. J'ai un autre passager à prendre à neuf heures.

— Je suis désolée, fit Ann en lui serrant la main. C'est de ma faute. Si je ne vous avais pas retardé avec cette histoire de valise... Mais j'ai horreur de laisser derrière moi un problème non réglé.

— Ne vous excusez pas, professeur. Ici, dans les îles, nous sommes plus décontractés que vous ! Si l'horaire n'est pas scrupuleusement respecté, personne n'en fait une maladie. Mais vous vous y habituerez !

Quelques minutes après, la Jeep démarrait, et déjà l'avion disparaissait, petit point perdu dans le bleu du ciel...

La chaleur était suffocante. Ann sortit un mouchoir immaculé et essuya la sueur qui perlait à son front. Si seulement elle avait pu ôter sa veste ! Mais elle tenait à faire bonne impression sur le Pr Mac Farland. Pour une première entrevue — et c'était souvent celle-là qui comptait — il fallait avoir l'air professionnel.

L'homme au volant l'intimidait. Tanné par toute une vie au grand air, il avait quelque chose de... presque animal.

— Est-ce que votre femme et vous habitez chez votre père ?

— Je ne suis pas marié.

Elle essaya de lui donner un âge. Trente, trente-cinq ? Peut-être moins. La barbe le vieillissait sûrement.

— C'est très aimable au Pr Mac Farland de m'inviter...

Un bref instant il se tourna vers elle. Il avait les yeux les plus bleus qu'elle ait jamais vus.

— Il convie chaque année un scientifique à venir explorer notre forêt. Vos pairs vous ont hautement recommandée.

— J'espère ne pas décevoir leur estime. Et déranger votre père le moins possible ! Je sais qu'il reçoit très peu et je ne voudrais pas l'inciter à interrompre ses invitations annuelles... C'est si important pour la science de pouvoir étudier des espèces qui ont disparu partout ailleurs ! Votre forêt constitue une vraie mine pour les savants du monde entier. La communauté scientifique ne saurait trop vous exprimer sa reconnaissance.

Il l'épingla de son regard rieur.

— Vous parlez toujours comme ça ?

— Comme quoi ?

— Comme un livre ! On vous croirait en conférence !

Ann rougit. Ses étudiants devaient sûrement se

moquer d'elle dans son dos mais, jusqu'à présent, personne n'avait jamais osé rire d'elle aussi ouvertement ! Evidemment, l'image qu'elle offrait aux étrangers pouvait paraître assez guindée... Cette rigidité venait de son éducation.

Jamais son oncle n'aurait admis une expression un peu familière. Elle n'ignorait pas que cette attitude la vieillissait considérablement.

— J'essaierai de vous épargner mes conférences, monsieur Mac Farland.

— Gardez le « monsieur Mac Farland » pour mon père. Je préfère qu'on m'appelle Jay.

— D'accord... Jay.

Il la mettait décidément très mal à l'aise. Autant regarder le paysage : un vrai paradis tropical... Mais elle n'arrivait pas à chasser l'insolent Jay de son esprit.

Il semblait si détendu... Comme s'il n'avait rien d'autre à faire dans la vie que de conduire cette Jeep ! Il respirait le naturel, si différent en cela des hommes qu'elle connaissait, intellectuels un peu poussièreux qui passaient leur vie à disserter savamment, se partageant entre l'art, la politique et, bien sûr, la science. A voir l'étincelle impertinente de son œil, Jay Mac Farland aurait été plus à l'aise à discuter de l'accouplement des chèvres sur son île !

Le chemin qu'ils suivaient se résumait à une vague piste taillée dans la végétation luxuriante du sous-bois. Par endroits, le soleil disparaissait complètement derrière un treillis de feuillage dense, véritable voûte de verdure, éclairée çà et là d'une tache de couleur rouge ou orangée, fleur ou oiseau.

La conscience professionnelle de la botaniste reprenait le dessus. Instinctivement, Ann classait les espèces qu'elle reconnaissait au passage. Pour un œil entraîné comme le sien, cet enchevêtrement de plantes était un jardin de délices !

— Frangipanier... Strelitzia...

Elle se retourna sur un bouquet de fleurs éclatantes.

— Oh ! Fleurs de la Passion ! Merveilleuses...

Sa concentration avait fait place au plus pur ravissement. Jay Mac Farland s'en aperçut et ralentit pour lui permettre de mieux en profiter.

— Quel bonheur ! soupira Ann. J'ai dû mourir sans m'en rendre compte et me voici au paradis...

Un rayon de soleil glissa le long d'une feuille et vint raviver sa chevelure. Beaucoup moins terne qu'il ne l'avait cru... Blond vénitien, comme le pelage des faons nouveau-nés. Et cette peau translucide ! Comme si elle n'avait jamais vu le soleil. Sa transparence laiteuse donnait à la jeune femme une apparence délicate, presque fragile... Oui, fragile, intense et secrète, conclut Jay. Sa réceptivité aux beautés de la nature démentait l'image froide et dure qu'elle cherchait à donner d'elle-même. Ce genre de femme ne se livrait pas facilement. Au contraire, elle se gardait, bien cachée derrière une façade de réserve... Intéressant. La perspective d'un mois entier en tête à tête lui paraissait soudain moins ennuyeuse que prévu.

La forêt s'interrompit brusquement et ils débouchèrent en plein soleil. Devant eux, les collines déroulaient leur tapis d'herbe verte, parsemé çà et là de palmiers. Au sommet de l'une d'elles trônait une vaste demeure au toit de tuiles orange, entourée du plus merveilleux jardin exotique qu'on puisse rêver. Le long des deux étages courait une véranda semi-ouverte, abritée par un toit en treillis.

Jay gara la voiture devant l'entrée principale.

Sous la véranda, Ann distingua des meubles de jardin en rotin, recouverts de coussins dans les tons verts.

— Oh! docteur... Jay... vous avez une maison magnifique !

Le sourire de Jay révéla de petites pattes-d'oie autour de ses yeux.

— C'est vrai... Mais j'y suis tellement habitué que je ne le remarque plus. J'y suis né... Et je suis toujours surpris de l'effet qu'elle produit sur les *malihini*. Ça veut dire étranger, dans la langue des indigènes.

— *Malihini*...

Ann s'essaya à prononcer le nouveau mot. Il roulait doucement sur la langue, sucré comme un fruit exotique.

— J'espère que je ne resterai pas trop longtemps *malihini*.

Le regard de Jay se posa sur elle, intensément bleu... Une soudaine chaleur envahit la jeune femme.

— Je ne le pense pas. Nous nous enorgueillissons d'être des hôtes accueillants.

Il sauta de la Jeep et Ann se sentit soulagée. Elle n'avait pas l'habitude d'être ainsi fixée par les hommes et elle en éprouvait un étrange malaise, qui lui faisait monter le feu aux joues. D'habitude, les gens ne voyaient en elle qu'un cerveau, jamais un corps. On la considérait comme une excentrique, qui préférait les plantes à ses congénères... Le but à atteindre d'après son oncle. Très jeune, elle avait compris qu'une pupille doit se consacrer avant tout à l'étude.

Une adorable fillette d'une douzaine d'années,

longs cheveux noirs et grands yeux en amande, jaillit de la maison et se précipita vers Jay.

— Donne-moi quelque chose à porter, doc Jaimie !

— Une seconde, la Puce ! Viens dire bonjour à notre invitée. Professeur Lowry, voici Laela, la petite-fille de notre gouvernante.

— Bonjour, Laela !

— Je suis très contente de faire votre connaissance, professeur.

La petite se tourna vers Jay, les yeux brillants de plaisir.

— Elle n'est pas plus grande que moi ! Comment peut-elle être professeur ?

Jay ébouriffa gentiment ses longs cheveux.

— Parce qu'elle a travaillé très dur et non pas comme quelqu'un que je connais...

— Oh ! Doc Jaimie ! Tu ne vas pas recommencer... Donne-moi plutôt un des bagages.

— Tiens, la Puce. Prends ça.

Il la chargea du sac photo et la fillette faillit s'écrouler sous son poids.

— Qu'est-ce qu'il y a là-dedans ? Un bloc de plomb ?

Jay se mit à rire de son expression stupéfaite.

— L'équipement photographique du professeur. Je crois que tu vas plutôt porter les vêtements !

Laela prit le sac et courut leur ouvrir la porte.

Ils entrèrent dans la fraîcheur du couloir et Jay murmura :

— Bienvenue dans notre *bonnie home*, professeur...

Bonnie home... L'expression écossaise pour jolie maison. Comme ces mots sonnaient curieusement en plein Pacifique !

— Merci.

Un ventilateur tournait lentement au plafond, rafraîchissant la vaste entrée au carrelage rutilant. De grands plaids écossais jetés çà et là sur des chaises réchauffaient un superbe mobilier, mélange harmonieux de bois et cuirs. Un tintement d'horloge salua leur arrivée. Ann s'approcha pour admirer les sculptures du boîtier. Ces vieux meubles cirés dotaient la maison d'un confort rassurant...

Jay laissa les bagages au bas de l'escalier et ouvrit les doubles portes d'un grand bureau.

— Venez. Mon père travaille ici.

Il s'effaça pour la laisser passer et elle eut l'impression qu'il s'inclinait imperceptiblement, comme pour saisir l'effluve de son léger parfum.

La première image qu'elle eut du père de Jay fut celle d'une superbe crinière blanche penchée sur un livre. Il releva la tête ; deux yeux bleus très clairs examinèrent la nouvelle venue.

— Papa, voici le Pr Ann Lowry. Ann, je vous présente mon père, le Pr Ian Mac Farland.

Le vieil homme se leva péniblement pour lui serrer la main. Le nez aquilin, le regard bleu et le large front étaient les mêmes que ceux de son fils. Un grand sourire plissa son visage et, brusquement, Ann se demanda si Jay avait la même bouche que lui...

— Professeur Lowry, nous sommes très heureux de vous recevoir ! Très flattés, aussi, que vous veniez faire vos recherches chez nous... Vos références sont impressionnantes.

Il s'interrompit une seconde, la fixant de son regard perçant.

— Je dois reconnaître que j'attendais quelqu'un de plus âgé. Vous n'avez pas perdu votre temps !

16

Combien de fois avait-elle entendu cette réflexion ? Les gens assimilaient-ils tous les scientifiques à de nobles vieillards ?

Elle décocha à son hôte un sourire malicieux.

— Si je ne me trompe, professeur, vous avez été un des plus jeunes ornithologues de votre génération... Vos travaux sur le condor géant avaient fait date !

— Touché ! fit le professeur en riant. Heureusement qu'il y a de jeunes scientifiques ; l'audace et l'initiative ne leur font pas peur ! Mais asseyez-vous donc.

Ann prit le siège qu'il lui désignait. Debout près de la baie vitrée, Jay les observait sans se mêler à la conversation. Elle avait vraiment l'impression qu'il surveillait ses moindres gestes...

— Poursuivez-vous vos recherches dans un but précis, professeur Lowry ?

— Plusieurs buts ! Sûrement trop pour les atteindre tous ! Prenez l'orchidée, par exemple : votre forêt en renferme plus de vingt mille espèces que j'aimerais toutes étudier. Et si par bonheur je parvenais à en identifier une ou deux inconnues... Mais je présume que c'est le rêve de tout botaniste de découvrir une variété nouvelle !

Consciente de l'enthousiasme presque enfantin qui l'animait, elle s'interrompit et respira profondément. Passant le bout d'une langue rose sur ses lèvres, elle reprit plus calmement :

— Professeur, j'essaie de conserver mon sang-froid mais, à vrai dire, je ne tiens plus en place ! Passer tout un mois à vos côtés, vous qui avez étudié cette forêt toute votre vie et travaillé avec les plus grands ! C'est pour moi une chance inestimable, une stimulation de chaque instant !

17

Le vieil homme s'éclaircit la gorge.

— A vrai dire, professeur Lowry, j'ai dû depuis plusieurs années renoncer à la recherche sur le terrain. Mes capacités physiques ne me le permettent plus...

Ann se mordit les lèvres.

— Je suis désolée, professeur. Je ne voulais pas...

— Ce n'est rien, mon enfant. N'y pensez plus. J'ai toujours le plaisir de recevoir mes amis scientifiques et de discuter interminablement nos sujets favoris ! Mais, bien sûr, je ne peux plus faire le travail d'un jeune chercheur...

Se dressant avec difficulté, il tâtonna sur le dossier de sa chaise pour trouver sa canne. Immédiatement, son fils lui offrit l'aide de son bras. Ann avait soudain l'impression de voir double : ces deux hommes, également grands, et ces deux paires d'yeux bleus qui la regardaient d'un air complice...

— Mais ne vous inquiétez pas pour vos recherches, reprenait Ian Mac Farland avec un sourire amusé. Jaimie est là. Je lui suis très reconnaissant d'abandonner ses propres travaux un mois par an pour prendre ma place auprès de mes invités.

Ce serait donc avec lui qu'elle... Ann dut serrer très fort ses paumes l'une contre l'autre pour répondre aimablement :

— Effectivement c'est très gentil de votre part, Jay.

A la voir si désappointée — et si déterminée à le cacher ! — un éclair de malice passa dans l'œil du géant roux. Finalement, elle arrivait assez bien à donner le change. Mais, pour qui savait observer, ce regard démesurément agrandi et ces mains blanches trahissaient la vérité.

— Jaimie est un excellent guide, poursuivait son

père. Il connaît cette jungle dans ses moindres recoins. Nous l'avons parcourue ensemble dès son plus jeune âge ! Je vous laisse en bonnes mains.

— Je n'en doute pas...

— Eh bien ! je ne vais pas vous retenir plus longtemps, conclut le vieil homme d'un air satisfait. Vous voulez sans doute vous reposer avant le dîner. Si mes souvenirs sont bons, le chemin est long depuis Boston... Ah ! Mala ! Entre donc.

Ann se retourna. Une vieille dame plus que rondelette arrivait, vêtue d'une large robe paréo qui dansait à chacun de ses pas.

— Mala, je te présente le Pr Lowry, notre botaniste. Si tu veux la conduire à sa chambre...

La vieille gouvernante sourit, découvrant une éblouissante rangée de dents blanches, et se campa devant Ann, poings sur les hanches.

— Regardez-moi ça ! Elle n'est pas plus grande que Laela ! Comment une si petite demoiselle peut-elle être un si grand savant ?

Les deux hommes éclatèrent de rire.

— Vous vous ferez aux façons de Mala, professeur Lowry, fit Ian en s'appuyant sur son fils. Elle materne tout le monde ici, moi y compris !

Ann suivit l'imposante Mala et ce ne fut qu'au deuxième étage qu'elle se souvint de son attaché-case. Elle avait dû le laisser dans le bureau.

— Excusez-moi une minute, Mala ! Je reviens !

Elle dévala l'escalier quatre à quatre. La porte du bureau était restée entrouverte. Elle allait frapper mais elle entendit prononcer son nom. Gênée, elle suspendit son geste... Que faire ? Entrer en faisant semblant de ne rien avoir entendu ou manifester sa présence d'abord ?

— Et que penses-tu d'elle, fils ? Tu redoutes des problèmes ?

— J'ai bien peur qu'elle ne s'envole au moindre souffle de vent...

Ann avait reconnu le timbre grave de Jay.

— ... et je ne la vois pas supporter les rigueurs d'une expédition en forêt.

— Voyons, le Pr Smythe-Fielding nous la recommande chaudement ! D'accord, elle fait un peu jeune... mais je la crois brillante. Et plutôt jolie, non ?

Ann esquissait déjà un sourire mais la réponse de Jay lui fit l'effet d'une douche froide.

— Je n'avais pas remarqué.

— Voilà qui m'étonne de toi ! fit le vieil homme d'une voix taquine. Deviendrais-tu myope ?

— Elle est tellement comme il faut, papa ! Et sèche comme un moineau qu'on n'aurait pas nourri depuis huit jours. Non, pour mon goût, Mlle la botaniste a le plumage trop terne !

— Allons, allons, Jaimie ! L'habit ne fait pas le moine ! Qui sait ce qui se cache sous le plumage de ce moineau-là ?

Ann était déjà dans l'escalier, étouffant un cri d'humiliation... Ce Jay Mac Farland lui devenait odieux !

Mala ouvrit fièrement la porte-fenêtre qui donnait sur la véranda, découvrant le superbe paysage de l'île, puis se retira pour laisser Ann s'installer. La chambre était magnifique : large lit recouvert d'une courtepointe fleurie, psyché d'époque victorienne entourée de deux chaises jumelles, tapissées du même motif floral que le couvre-lit... La jeune femme passa dans la salle de bains : un véritable enchantement, une symphonie de marbre blanc et rose que venaient égayer d'immenses fougères en pots. Un tapis de bain merveilleusement doux et de moelleuses serviettes-éponges ajoutaient leur note de confort à ce décor grandiose. Jamais Ann n'avait vu un tel luxe ailleurs qu'au cinéma ! Et, pour la nuit, tout lui appartenait. Un rêve... dont elle ne profitait absolument pas, piquée au vif par les paroles de Jay. Tout son plaisir était gâché.

Elle se plongea dans un bain tiède, pour se rafraîchir et tenter de se changer un peu les idées. Mais les bribes de la conversation surprise tournaient et retournaient dans son esprit... « Trop terne », « sèche comme un moineau »... Jay n'avait pas vraiment tort, d'ailleurs. Son oncle l'aurait décrite en ces termes, exactement...

Allons, ce n'était pas le moment de se laisser aller. Ann s'aspergea de mousse parfumée et se résolut à plus de fermeté. Ce décor de rêve n'était qu'un trompe-l'œil : la réalité, pour elle, s'appelait recherche, étude et, dans un mois, retour à la vie universitaire.

Elle sortit de la baignoire, brossa vigoureusement ses longs cheveux dorés et se glissa sous les draps frais.

Un mois. Tout un long mois en tête à tête avec un homme qui la jugeait sans intérêt. Mais, à la réflexion, pourquoi s'inquiéter ? Il ne représentait qu'un obstacle de plus, certainement pas le premier qu'elle aurait à contourner. Elle avait eu le tort de croire un peu trop vite au paradis ; moins d'une heure après son arrivée, le serpent faisait déjà son apparition. Ce géant désagréable se mettrait sans doute en quatre pour lui compliquer la vie. Eh bien ! elle chercherait le moyen de s'en accommoder. Et

elle y parviendrait. Comme toujours. Travail et discipline de fer, tout le secret était là. Garder la tête froide. Se maîtriser. Une recette infaillible...
Elle ferma les yeux. La fatigue prenait le dessus.

Chapitre deux

— Laela...

La fillette s'immobilisa, sa pile de linge dans les bras. Elle croyait pourtant ne pas faire de bruit.

— Oui, professeur Lowry.

— Veux-tu entrer un instant ?

Toute rosissante, elle passa la tête dans l'entrebâillement de la porte.

— J'espère que je vous ai pas réveillée ! Doc Jaimie m'a bien recommandé de marcher sur la pointe des pieds pour ne pas vous déranger...

Ann sourit de la voir si sérieuse.

— Rassure-toi, Laela. J'ai fait une bonne sieste mais j'étais déjà debout quand je t'ai entendue dans le couloir. Viens, j'ai besoin de ton avis sur un sujet important.

La fillette entra, très impressionnée. Une invitée de marque lui demandait un conseil !

— Que puis-je faire pour vous, professeur ?

— Tout d'abord m'appeler par mon prénom. Quand tu dis « professeur », je me fais l'effet d'être une vieille dame très respectable ! J'aimerais mieux que tu dises Ann.

— Je ne sais pas si grand-mère le permettrait...

— Ne t'inquiète pas, je me charge de lui expliquer.

Laela vint se planter à ses côtés, enchantée à l'idée de mesurer la même taille qu'un professeur !

— Dans ce cas... je peux vous appeler Ann ! Si grand-mère est d'accord.

— Parfait.

Ann s'assit sur le bord du lit et invita la fillette à la rejoindre :

— Laela, je voulais te demander... S'habille-t-on ici pour dîner ?

Laela la dévisagea d'un air ahuri, presque choqué.

— Oh ! bien sûr, Ann... Il faut mettre des vêtements ! Personne n'est jamais descendu dîner tout nu !

Ann eut toutes les peines du monde à retenir un fou rire. La petite avait parlé avec un si grand sérieux ! Et, après tout, la question prêtait à confusion !

— Merci, Laela... Je te reverrai tout à l'heure ?

— Oui. Je mange en premier mais j'aide ma grand-mère avant d'aller faire mes devoirs.

— Tu vas à l'école ici ?

— Oui, il y a un lycée. Pourtant, quand on veut aller à l'université, on doit quitter l'île. C'est dur de partir mais c'est le seul moyen pour faire des études longues. Moi, je vais être vétérinaire comme doc Jaimie, ajouta Laela en souriant fièrement.

On lisait l'admiration dans son regard dès qu'elle parlait de lui... Comment un ours pareil pouvait-il inspirer tant d'affection ?

— Tu as déjà vu le docteur au travail ?

— Oui, quand je suis en vacances, Jay me permet de l'accompagner. Je sais déjà plein de choses sur les animaux !

24

Elle s'interrompit soudain, regardant Ann avec un intérêt nouveau.

— Doc Jaimie dit qu'un botaniste est comme un vétérinaire des plantes. C'est vrai ?

Ann se mit à rire. La vivacité de la fillette était rafraîchissante.

— Presque. Mais, malheureusement, je n'ai pas le pouvoir de les guérir quand elles vont mal. Tout ce que je peux faire, c'est les étudier, les cataloguer et trouver en quoi elles sont utiles à l'homme.

— Et ça sert vraiment à quelque chose ?

— Oui, expliqua gentiment Ann. Même si cette science paraît curieuse au premier abord. En étudiant les plantes, on découvre les secrets de la vie. Les botanistes savent qu'un jour ils arriveront à modifier les gènes des plantes ; avec le temps, il sera possible de produire des espèces si robustes qu'elles pourront supporter les pires conditions climatiques. Cette évolution aidera à vaincre la faim dans le monde. Trop de gens meurent encore de ce fléau.

Laela s'était raidie à ces derniers mots. Ann s'en aperçut et reprit doucement :

— Tu vis avec ta grand-mère parce que tes parents sont partis ?

Les yeux sombres de la petite fixèrent le regard attentif d'Ann.

— Ils sont morts tous les deux. Noyés un jour de tempête.

— Il y a longtemps ?

Ann avait passé son bras autour de ses épaules.

— L'été dernier...

— Quel âge as-tu, Laela ?

— Douze ans.

Ann posa ses lèvres sur les cheveux de la fillette, caressant longuement les boucles soyeuses.

— Tu vas souffrir encore longtemps. Mais la plaie finira par cicatriser. Bien sûr, de temps en temps, elle se rouvrira. La douleur laisse des traces profondes. Et le jour où tu t'y attendras le moins, elle sera là, aussi vive qu'aux premiers instants. Aie confiance, Laela. Tu as de la chance d'avoir autour de toi tous ces gens qui t'aiment.

Sortant de sa réserve habituelle, Ann révélait la tendresse qu'elle cachait si bien aux autres ; Laela l'émouvait profondément.

— Comment faites-vous pour deviner ce que je ressens ?

La fillette avait la gorge serrée.

— Personne d'autre ne comprend... ajouta-t-elle.

— J'ai perdu mes parents, moi aussi. Quand j'avais douze ans.

Laela la fixait intensément.

— Comme moi... Et vous aviez aussi une grand-mère pour vous aimer ?

— Non. Un oncle.

— Il était aussi rigolo que doc Jaimie ?

Ann sourit.

— Non, malheureusement.

— J'adore doc Jaimie, murmura Laela.

Son visage rayonnait et chaque fois qu'elle prononçait son nom, sa voix se teintait de respect. C'était bien de l'adoration ! La jeune femme se leva.

— Eh bien ! jeune demoiselle, je crois qu'il est temps d'aller m'habiller ! Le dîner approche.

— A tout à l'heure !

Aussi vive qu'un oiseau, Laela reprit son linge et courut à la porte. Au moment de sortir, elle se retourna :

— J'aime bien quand vous laissez vos cheveux libres. On dirait des fils de soie dorée...

Avant qu'Ann ait pu réagir, elle s'était sauvée !

Et maintenant, que porter pour le dîner ? La jeune femme examina d'un œil critique sa tenue de soirée, robe décolletée bleu marine et spencer blanc empesé... Quand elle avait acheté l'ensemble à Boston, elle le trouvait presque frivole. Ici, sur l'île aux mille couleurs, il lui semblait aussi terne que le reste de sa garde-robe ! De toute façon, elle avait le choix entre ça et les pantalons kaki prévus pour l'expédition...

Elle enfila donc la robe, très largement découpée dans le dos. Les lacets qui la fermaient aux épaules étaient si fins qu'ils interdisaient le port d'un soutien-gorge. Mais, sous la veste, nul ne s'en rendrait compte.

En guise d'escarpins, il lui faudrait se contenter des chaussures sages qu'elle portait pour le voyage. A moins d'opter pour les gros godillots — modèle militaire — qu'elle avait emportés pour la forêt ! Il valait quand même mieux mettre les chaussures. D'ailleurs, qui remarquerait ce genre de détail vestimentaire ?

Jay. La réponse s'était imposée d'elle-même... Ann tortilla son chignon d'une main furieuse. Il la traitait déjà de moineau sans intérêt, voilà qui confirmerait son opinion !

Et si, pour un soir, elle lâchait ses cheveux ? Le compliment de Laela lui avait fait plaisir... Elle laissa ses boucles blondes cascader un instant sur ses épaules. Mais l'habitude reprit le dessus. Un chignon faisait plus sérieux et, d'ailleurs, elle se coiffait toujours ainsi. Ce séjour d'un mois sur une île de rêve n'allait pas entacher l'image de marque du Pr Lowry ! Elle venait ici pour travailler, pas pour participer à un concours de beauté !

En quoi lui importait l'opinion d'un Jay Mac Farland ? Il serait son guide, c'est tout. Rien ne les obligerait à soutenir de brillantes conversations, à faire naître une sympathie mutuelle ! Elle n'exigeait de lui que la compétence d'un guide, la certitude de ne pas se perdre dans la jungle... Il devait d'ailleurs penser qu'à la première difficulté elle allait s'effondrer. Ou s'envoler au moindre souffle de vent, comme il disait !

Eh bien ! leur petite expédition lui donnerait l'occasion d'apprendre une ou deux choses sur la vigueur morale des faibles femmes !

Elle mit une touche de rouge à lèvres et regarda le résultat d'un œil sévère. Trop pâle. Un peu de blush, peut-être... Non, décidément, elle ne se plaisait pas. Elle avait les yeux trop grands, le nez trop petit, les sourcils trop blonds : au moindre rayon de soleil, ils disparaissaient ! Des cils dorés qui se fondaient sur une peau trop claire... Un vrai rat de bibliothèque ! Son oncle l'appelait d'ailleurs la petite souris. Il avait bien raison. Elle était si mince que beaucoup l'auraient traitée de maigre. Pour couronner le tout, elle ne savait ni s'habiller ni se mettre en valeur. Un cas désespéré ! Même le miroir semblait se moquer d'elle. Mieux valait ne plus lui demander son avis... Un dernier coup de peigne et elle descendit dîner.

Installés dans la cour arrière, Ian Mac Farland et son fils profitaient des derniers rayons de soleil. La cour était fermée sur trois côtés par la maison et un muret de brique envahi d'hibiscus odorants. Elle ouvrait sur l'océan par le quatrième, découvrant un panorama spectaculaire. Le soleil, boule de feu orange en suspension au-dessus des flots, soulignait d'un trait sanglant l'horizon bleu du Pacifique.

— Ah ! Professeur Lowry ! Venez donc nous rejoindre. Prendrez-vous un apéritif ?

En dépit de son infirmité, le vieux professeur s'était levé à son arrivée. Ann fut émue d'une telle courtoisie.

— Volontiers...

— Scotch et soda, ce n'est pas trop fort pour vous ?

— Non, parfait.

Jay lui jeta un regard incrédule. Scotch et soda, pour ce moineau ? Mais le moineau en avait vu d'autres : depuis sa plus tendre enfance, Ann avait dû s'habituer à l'univers masculin. Il prépara le cocktail, qu'elle accepta assez sèchement : elle n'avait pas oublié les paroles surprises tout à l'heure !

Jay s'attardait près d'elle. Son ombre gigantesque lui cachait le soleil. Pourquoi restait-il planté là ? Embarrassée, Ann alla s'asseoir près de son père.

— Alors, professeur, comment avez-vous supporté ce voyage en avion ? En général, la traversée est assez pénible.

Elle éluda la question en rougissant :

— Appelez-moi Ann, je vous prie...

— Très bien, Ann. Le vol s'est bien passé ?

Jay vit ses mains se crisper autour du verre.

— Pas trop mal.

— Que pensez-vous de votre chambre ? reprit Ian Mac Farland.

— Oh ! elle est superbe ! Je n'ai jamais rien vu d'aussi luxueux ! Heureusement, je vais bientôt partir sur le terrain ; un tel paradis risquerait de m'amollir l'esprit ! Comment faites-vous pour travailler dans un cadre aussi somptueux, professeur ?

— Je présume qu'on s'habitue à tout, même à la

beauté. On ne la voit plus de la même façon. Mais je reconnais qu'il nous faut un peu de discipline ! Prenez Jaimie, par exemple, fit-il en levant son verre en direction de son fils. Il a un emploi du temps plus que chargé mais il parvient cependant à écrire des articles extrêmement brillants... Il sait s'organiser.

L'information était surprenante ! Jay, nonchalamment appuyé contre le mur de brique, accueillit son étonnement d'un sourire ironique.

— Jay m'avait dit qu'il était seulement le vétérinaire local... Je ne savais pas qu'il...

Ian Mac Farland éclata de rire :

— Voilà une déclaration que je ne peux vraiment pas attribuer à sa modestie ! Jaimie n'a pas pour habitude de diminuer ses mérites. J'en conclus qu'il a cherché à vous taquiner... J'ai peur que ce soit un défaut de famille, ajouta le vieux professeur, l'œil pétillant de malice.

Dans un bruissement soyeux, Mala vint les prier de passer à table.

Ian Mac Farland prit appui sur sa canne et offrit galamment son bras à la jeune femme.

Le carrelage sombre, impeccablement poli, résonnait sous les pas. Comme toutes les pièces de la maison, la salle à manger était vaste et claire. Au centre de la table trônait une superbe composition d'hibiscus et d'orchidées multicolores. Des coussins fleuris égayaient les chaises de rotin acajou.

Laela entra, porteuse d'un plateau de salades. Elle avait revêtu une robe charmante en coton, dans les tons mauves et roses, qui soulignait merveilleusement son teint mat.

— Laela, tu es ravissante !

Elle décocha à la jeune femme un sourire radieux.

— Merci, Ann! C'est doc Jaimie qui me l'a offerte pour mon anniversaire.

Ce grand sauvage hirsute s'y connaissait donc en fanfreluches? Depuis le début de la soirée, Ann allait de surprise en surprise! Elle lui coula un regard discret. Il avait les yeux fixés sur elle... Elle se détourna rapidement et attaquait sa salade lorsque Laela annonça tout à trac:

— Les gens de Boston ne portent aucun vêtement à table.

La fourchette d'Ann retomba bruyamment dans son assiette... Plutôt surpris par le ton péremptoire de sa déclaration, Jay demanda des éclaircissements:

— Qu'est-ce que c'est que cette histoire, Laela?

— Ann... enfin, le Pr Lowry m'a demandé si elle devait s'habiller pour dîner. Heureusement qu'elle s'est renseignée! Sinon elle aurait été rudement gênée en descendant!

Laela reprit son plateau vide et sortit dignement, toute à l'importance du rôle qu'elle avait joué dans cette affaire. Grâce à elle, l'honneur d'Ann était sauf...

On aurait pu entendre une mouche voler. Deux taches écarlates marbraient les pommettes de la jeune femme. Le silence planait entre les convives... Une double explosion de rire le fit soudain voler en éclats. Jay et son père n'auraient pu se retenir une minute de plus! Ann ne savait plus où se mettre... Elle aurait voulu disparaître dans un trou de souris. Quelle humiliation!

— Je savais bien qu'elle avait mal compris ma question mais je n'ai pas eu le cœur de la corriger. J'aurais dû le faire!

Ian maîtrisa enfin son fou rire et s'essuya les yeux.

— Pour nous priver d'une pareille fête ? Ann, je suis ravi que vous n'ayez rien dit ! Pardonnez-nous si la plaisanterie s'exerce à vos dépens mais l'occasion était trop belle... Permettez-moi de boire à la santé des gens de Boston !

Il leva son verre vers elle, agrémentant son geste d'un sourire si affectueux qu'Ann ne put se formaliser. Vaincue, elle accepta le toast et goûta le vin ambré, évitant soigneusement le regard moqueur de Jay... Léger et délicatement fruité, le vin accompagnait à merveille la volaille rôtie servie avec les légumes du jardin. Ann se serait régalée mais la proximité de Jay lui coupait l'appétit. Son regard ne la quittait pas. Pendant toute la durée du repas, un demi-sourire s'attarda sur ses lèvres, comme s'il se délectait encore des réflexions de Laela.

Refusant le sorbet, Ann se contenta de grignoter une tranche d'ananas frais pour le dessert. Une fois le café servi, elle s'adossa à sa chaise en soupirant :

— Si j'étais à Boston, je serais en train de dégager mon perron à grands coups de pelle ! La neige recouvre tout en ce moment.

— Vous vivez seule ? s'enquit Ian.

— Oui. Je possède une petite maison près du campus où j'enseigne.

— Vous ne préféreriez pas la sécurité d'un grand immeuble ?

Ann baissa les yeux, résistant de toutes ses forces à l'attraction du regard de Jay.

— J'aime mieux une maison bien à moi, que je puisse arranger, décorer à ma guise. Un moyen de meubler la solitude. On peut se trouver parfois très seul dans les grandes villes.

Le professeur hocha la tête.

— J'oubliais... C'est tellement différent ici. Mais venez donc prendre un cognac dans mon bureau. Je vous montrerai mes plus récentes recherches. Je pense que ça vous intéressera...

Ann le suivit, sentant dans son dos la présence toute proche de Jay, et s'installa dans un grand fauteuil de cuir. Elle chaussa ses petites lunettes cerclées d'acier et prit les feuillets que lui tendait le vieux professeur, manifestement ravi d'avoir l'avis d'une collègue. Son fils préparait les verres. Elle se plongea dans la lecture, tournant rapidement les pages, si totalement concentrée qu'elle en oubliait le regard de Jay qui effleurait sa gorge et ses cheveux. Sous la lumière chaude de la lampe, les mèches blondes prenaient des reflets d'or vermeil... Enfin, elle reposa le dossier.

— C'est fantastique, professeur. La communauté scientifique croyait cet oiseau en voie d'extinction ! Cette découverte doit vous remplir de joie. Heureusement que vous avez ouvert votre forêt à la recherche ! Maintenant qu'on a trouvé ces couples d'oiseaux, il est possible de repeupler d'autres forêts. Vous devez être très fier...

— Disons plutôt humble, Ann. D'abord, j'ai été aidé dans mes travaux. Et puis je trouve ma récompense dans le simple fait de pouvoir aider la science en offrant à mes collègues le réservoir naturel que constitue cette forêt.

Le vieil homme raconta ses premières explorations de l'île... Ann écoutait religieusement, sirotant son cognac, fascinée par tant d'expérience et de savoir. Machinalement, elle avait abandonné ses chaussures et glissé une jambe sous elle... Ils discutèrent un long moment et, quand Ian se leva, elle se sentit presque frustrée : elle aurait pu continuer des heures tant il était passionnant !

— A présent, Ann, je vais vous demander de m'excuser. J'ai beaucoup apprécié cette discussion et je serai ravi de la reprendre demain. Vous avez un esprit vif, intelligent. C'est un plaisir de bavarder avec vous. Mais vous avez besoin de repos après un voyage pareil ! Jaimie aussi, d'ailleurs, ajouta Ian en regardant tendrement son fils. Il a forcé son rythme de travail pour pouvoir se libérer un mois entier. Ce qui explique le débraillé de sa tenue ! Comment voulez-vous vous raser ou vous faire couper les cheveux quand vous parcourez l'île jour et nuit pour soigner vaches et moutons ! Je vous souhaite le bonsoir, professeur. A toi aussi, Jay.

Un silence oppressant suivit son départ. Avec Ian, il y avait tant à discuter... Mais, avec son fils, Ann se sentait mal à l'aise. Aucun sujet de conversation ne lui venait à l'esprit.

— Nous avons en effet tous deux besoin de repos. En conséquence, le départ est remis à après-demain. Ce sursis vous laissera le temps de vous acclimater... Aimeriez-vous prendre l'air ? Les jardins sont très beaux le soir.

Ann accepta, soulagée. La nuit dissimulerait mieux sa gêne.

Jay ouvrit la porte du patio et elle passa devant lui, inconsciente du plaisir qu'il prenait à respirer son léger parfum chaque fois qu'elle le frôlait.

Un million d'étoiles illuminait la voûte bleue du ciel.

— Comme c'est joli...

— Attendez d'avoir vu le brouillard du petit matin sur la forêt, fit Jay d'une voix plus douce. C'est un spectacle extraordinaire.

Il alluma un cigare et, un instant, la flamme incendia son visage viril. Il referma son briquet et l'ombre reprit possession du jardin.

— Grâce à vous, mon père a rajeuni, ce soir...

— Grâce à moi ?

— Vous buviez ses paroles... Ce qui lui a fait beaucoup de bien ! Les discussions entre collègues lui manquent.

— Mais vous êtes là...

— Je m'absente souvent. L'île possède un cheptel important. Bien que mon assistant me soit d'un grand secours, je suis le seul vétérinaire.

— Pourtant vous semblez si...

Elle s'interrompit, ennuyée. Comment exprimer sa pensée sans paraître impolie ?

— ... si insouciant. Comme si vous n'aviez aucune obligation. A première vue, j'avais cru que... que vous ne faisiez rien de précis.

Un rire de gorge lui répondit. Elle ressentit un curieux frisson...

— Pour parler franchement, vous me preniez pour un bon à rien vivant aux crochets de son célèbre père !

Dieu merci, la nuit cachait le feu de ses joues !

— Je n'ai jamais dit ça !

— Vous n'en aviez pas besoin. Vos yeux parlaient pour vous, petite Annie Laurie...

Très gênée de s'être trahie, elle fit quelques pas. Jay la suivit. Quand elle s'arrêta, il était à deux doigts d'elle. Sa chemise hawaiienne effleura le bras d'Ann et elle sentit une odeur de tabac, mêlée aux parfums exotiques des fleurs. Il s'approcha encore, saisit une mèche blonde que la brise avait libérée et amena son visage à la clarté de la lune.

Si seulement elle avait pu se sauver ! Mais non,

pas de lâcheté, il fallait affronter l'ennemi. Elle pouvait compter sur une excellente défense, qui ne lui avait jamais fait défaut : la maîtrise de soi.

Elle fixa son adversaire.

— Pourquoi m'avez-vous appelée Annie Laurie ?

— Vous ne connaissez pas la chanson ? Elle parle d'une charmante Ecossaise...

Sa voix descendit jusqu'au murmure et fredonna :

— « Pour ma *bonnie* Annie Laurie, je suis prêt à offrir ma vie... »

Il se pencha vers elle, comme mû par une attraction irrépressible, et chercha la flamme ambrée de ses yeux.

Ann était fascinée par son magnétisme. Soudain, elle eut envie qu'il l'embrasse. Un dénouement logique à cette soirée. Curieuse, elle attendait. Bien sûr, il ne serait pas le premier. Mais, sans savoir pourquoi, elle pressentait qu'avec lui, ce serait différent.

Une main chaude, douce et forte à la fois, caressa sa joue, prit son menton. Il effleura sa bouche, goûtant le parfum de ses lèvres, lui laissant découvrir la saveur des siennes, tabac et cognac mêlés... Grisant... Tellement qu'elle voulut s'écarter, presque apeurée. Mais Jay l'agrippa fermement aux épaules, l'attirant tout contre lui, et quand il l'embrassa de nouveau elle eut l'impression que la terre s'entrouvrait, qu'un voile se déchirait sur un monde inconnu. Jamais elle n'avait ressenti un tel choc. C'était... comme un cataclysme !

Il glissa les mains sous sa veste, traçant une ligne de feu dans son dos. Ann se raidit, bouleversée par le contact brûlant sur sa peau nue. Jay raffermit son étreinte et ses lèvres se firent si persuasives qu'elle s'abandonna. Si elle avait eu peur de sembler maladroite, l'art consommé de ses baisers lui faisait oublier son inexpérience. Dans ses bras, tout devenait simple, naturel.

Quand il releva la tête, il vit les grands yeux d'ambre qui le fixaient. Ses pupilles dilatées trahissaient la stupeur, le trouble. Alors son regard se fit plus intense, plus insondable encore, et il reprit sa bouche, comme pour lui confirmer ce qu'ils avaient tous deux éprouvé.

Sa barbe, qu'elle croyait piquante, frottait doucement contre sa joue. Comme elle aurait voulu la caresser ! Elle ne savait plus où elle en était, déchirée entre l'instinct de fuite et le plaisir du baiser, entre la raison et l'envie de rester là, pour toujours, au creux de ses bras. Ainsi qu'on se jette à l'eau, elle l'enlaça, se serra fort contre lui.

Jay s'écarta un peu, prit le petit visage entre ses mains et le contempla longuement, comme s'il voulait en inscrire chaque trait dans sa mémoire.

— Annie Laurie... *Bonnie* Annie Laurie.

Ann rougit.

— *Bonnie* veut dire jolie en écossais, n'est-ce pas ?

Jay sourit.

— Oui.

— Alors vous vous êtes trompé d'Annie.

Elle voulut se dégager mais une main ferme la retint aux épaules.

— Ann ! J'ai dit Bonnie et je ne parle pas pour ne rien dire !

Instinctivement, sa voix avait repris la rondeur rocailleuse de ses origines écossaises.

— Laissez-moi, Jay...

Comme à regret il la lâcha. Elle referma sa veste,

rajustant une épaulette qui avait glissé. Elle redevenait la petite personne très convenable d'avant... Jay eut un sourire moqueur.

— Il me semble, *bonnie* Annie, que vous avez omis de porter certaine pièce de lingerie... intime, ce soir ! Non que je m'en plaigne d'ailleurs. C'était tellement mieux de vous tenir ainsi dans mes bras ! Plus l'armure est légère, plus le plaisir est grand...

— Ce genre de discours ne mérite même pas l'honneur d'une réponse !

Les joues en feu, Ann fit demi-tour le plus dignement possible mais la voix ironique de Jay la figea sur place.

— Cette fois, n'oubliez pas votre attaché-case en passant devant le bureau ! Cela vous évitera d'espionner nos conversations...

— Vous... vous saviez que j'étais derrière la porte ?

Elle en bégayait, à moitié morte de honte ! Jay se contenta de sourire.

— Et vous avez dit tout... toutes ces horreurs sur moi exprès ?

— Mon père vous a prévenue. Nous sommes d'un naturel taquin !

— Mais comment avez-vous deviné ?

Il s'approcha et elle sentit son souffle tiède sur sa joue.

— Grâce à votre parfum, petite Annie... Il est très reconnaissable, délicat mais tenace. Comme celui des fleurs de la Passion que vous verrez en forêt.

Sa voix n'était plus qu'un murmure, presque une caresse.

— Je vous reconnaîtrais partout, Ann, même dans le noir...

Tout au fond d'elle, ses mots éveillèrent un trouble inconnu...

Chapitre trois

La jeune femme resta longtemps éveillée, tourmentée par le souvenir de la promenade dans le jardin.

Jay l'intriguait. En quoi exactement ? elle l'ignorait. Mais elle n'avait jamais rencontré d'homme semblable, avec cet humour ravageur et cet air de tranquille indifférence... Son père le présentait comme un travailleur forcené. Mmm... Elle restait sceptique. Jay lui paraissait trop insouciant, trop avide de plaisirs terrestres pour goûter l'austère satisfaction du travail accompli ! Curieusement, il la fascinait, mais l'effrayait aussi par ce côté sensuel qu'il affichait le plus naturellement du monde. Quand elle se revoyait dans ses bras... Non, mieux valait trouver une saine occupation ; elle prit un journal scientifique et lut jusqu'à ce que les mots se brouillent devant ses yeux. Elle se recoucha mais les lèvres de Jay revinrent danser devant les siennes, lui interdisant le sommeil.

— Eh bien ! vous avez fini par vous réveiller ! Comment s'est passée cette première nuit, petit professeur ?

Ann se redressa et Mala lui glissa d'autorité un

gros coussin dans le dos. Elle avait tiré les rideaux et le soleil baignait la chambre. De son lit, la jeune femme voyait les collines dérouler leur tapis verdoyant. Jamais elle ne s'était sentie aussi bien, langoureusement étendue entre des draps brodés, sans rien d'autre à faire que d'admirer la splendeur du paysage...

— Tout à fait bien, Mala! Cette chambre est si jolie...

— Jaimie a donné des instructions pour qu'on vous laisse dormir. Il paraît que votre corps fonctionne encore à l'heure du continent!

Tout en bavardant, Mala remplaçait les serviettes de la salle de bains. Son paréo volumineux dissimulait ses pieds et Ann avait l'impression de la voir flotter sur le parquet!

— Voulez-vous déjeuner en bas? Sinon, je peux vous monter du café...

Jamais personne n'avait été ainsi aux petits soins pour elle et la jeune femme savourait l'instant comme un fruit défendu!

— Merci, Mala, mais je vais m'habiller et je descendrai déjeuner avec tout le monde.

— Comme vous voulez, petit professeur... A mon avis, vous devriez manger davantage! Vous n'êtes pas plus grosse qu'un coucou!

Sur ce bon conseil, Mala flotta vers la sortie...

Après un bain tellement voluptueux que c'en était presque un péché, Ann s'autorisa quelques minutes de tête-à-tête avec sa glace. Elle essuya ses cheveux mouillés, les démêla soigneusement. Voilà donc ce petit minois fripé que voyait Jay quand il la regardait? Ces pommettes hautes, qu'elle prenait pour des joues creuses; ces lèvres pleines, qu'un homme aurait trouvées sensuelles, le genre de bouche qui semble implorer un baiser, et qu'elle accusait de disproportionner son visage ; ces iris changeants, parfois très doux quand elle était pensive, parfois ambre et feu, brillants de fureur ou d'excitation, et qui n'étaient pour elle que deux yeux noisette, trahissant trop facilement ses émotions...

Finalement, elle tira la langue au miroir. Ce qu'il reflétait ne lui permettait vraiment pas d'expliquer l'étrange conduite de Jay la veille au soir.

Elle se bagarra quelques instants avec ses épingles : aucune ne semblait vouloir faire tenir son chignon ! Pourquoi était-elle aussi maladroite, ce matin ?

Sa garde-robe ne s'étant pas agrandie pendant la nuit, elle choisit de remettre sa jupe-tailleur avec un petit chemisier clair. Si seulement elle s'était offert quelques tenues un peu plus gaies ! Mais pourquoi rêver ? Elle ne savait pas donner dans la frivolité. Elle ne connaissait que le vêtement pratique, professionnel... surtout pas séduisant.

Le cœur battant un peu plus vite, elle descendit déjeuner.

— Bonjour, Ann ! Bien dormi ?

Ian reposa son journal et se leva.

— Bonjour, professeur ! Très bien, merci.

Où était donc Jay ? Elle dissimula son désappointement sous un aveu souriant :

— En fait, j'ai même trop dormi ! D'habitude, je me lève à l'aube.

Mala apporta les plateaux fumants du déjeuner et grommela, en bonne mère poule qu'elle était :

— Ce pauvre Jaimie n'a pas eu le temps d'avaler une seule bouchée ! On l'a appelé pour soigner une bête à l'autre bout de l'île... Je vous le dis, professeur : ce garçon va se ruiner la santé !

Ann faillit s'étrangler avec une gorgée de café ! Ce « garçon », comme disait Mala, était l'homme le plus robuste qu'elle eût jamais rencontré !

Pour mettre en pratique ses conseils, Mala emplit son assiette d'une montagne de saucisses et d'œufs brouillés, puis désigna d'un doigt autoritaire une corbeille de toasts, une autre de fruits frais.

— Mangez ! fit-elle pour couper court à toute protestation.

Ann piqua une fourchette prudente... et sourit : la cuisine de Mala dépassait tout ce qu'elle avait imaginé ! En comparaison, les mixtures hâtives qu'elle avalait le matin à Boston n'avaient pas droit au nom de petit déjeuner !

Elle venait juste d'entamer le festin quand la nonchalante silhouette de Jay s'encadra dans la porte... Un short effrangé et une chemise délavée largement ouverte révélaient un corps musclé, tanné par le grand air. Ann leva les yeux, irrésistiblement attirée par la toison rousse qui bouclait sur sa poitrine.

Jay saisit son regard... et la soudaine rougeur de son visage. Il lui accorda un bref sourire et se tourna vers son père.

— Désolé, papa, mais je vais devoir remettre notre conversation à plus tard. Une urgence... Mon assistant ne s'en sortirait pas tout seul.

— Bien sûr, mon fils. Je comprends très bien. Tu te dois à ton travail. Nous nous verrons ce soir !

Jay le remercia d'une petite tape amicale. Une seconde, ses yeux croisèrent ceux d'Ann... Une vague de chaleur envahit la jeune femme, exactement comme la veille, juste avant qu'il ne l'embrasse.

Il était parti. Et Ann voyait la déception se

peindre sur les traits de son père. Il devait se sentir très seul.

— Ce garçon a beaucoup trop d'obligations! fit Ian d'un ton faussement enjoué. Il n'a pas une minute à lui!

Ann se tut. Elle ne tenait pas à attrister davantage le vieux professeur. Mais, à son avis, Jay aurait pu déléguer une partie de ses activités à son assistant s'il désirait vraiment passer plus de temps avec son père. Ne cherchait-il pas plutôt à éviter la compagnie d'un homme vieilli?

— Il me reste encore de nombreux articles à vous montrer, Ann... Si cela vous intéresse.

— Mais ça me passionne, professeur! fit la jeune femme avec un sourire chaleureux.

Si seulement elle pouvait soulager un peu sa solitude...

— Dans ce cas, je suis tout à vous!

Et il lui offrit son bras, aussi galamment que s'ils allaient valser.

Ann sirotait un thé glacé, assise en tailleur sur les briques tièdes du patio. Lunettes perchées sur le nez, elle terminait une étude sur les oiseaux exotiques signée Ian Mac Farland. Le professeur se reposait, confortablement installé dans un fauteuil d'osier. Après plusieurs heures passées à discuter dans le bureau, ils avaient voulu profiter du soleil et Mala leur avait servi sur la terrasse un splendide déjeuner de poisson pêché le matin même.

Ann releva la tête, observant le profil léonin du vieil homme. Les yeux clos, il laissait le soleil baigner son visage. Décidément, Jay lui ressemblait beaucoup...

— Vous avez l'esprit vif, Ann, fit-il soudain,

comme s'il poursuivait une réflexion intérieure. J'ai beaucoup apprécié notre discussion de ce matin.

— Discussion ? Vous êtes trop indulgent ! J'avais peur que vous ne preniez notre entretien pour une dispute !

— Quand deux scientifiques interprètent différemment une expérience, j'appelle cela une discussion. Si les deux mêmes scientifiques interprètent différemment un événement extérieur à la science, là, on peut parler de dispute !

Ils éclatèrent de rire et Ann lui rendit les feuillets. Elle s'assit à ses pieds, remontant familièrement les genoux sous son menton.

— J'ai pris grand plaisir à cette journée passée ensemble, professeur.

— Ann, vous n'imaginez pas à quel point j'estime votre compagnie. Je suis trop souvent privé de conversations comme les nôtres. Et mes enfants...

— Vous avez de la visite, professeur !

C'était Mala, toujours imposante dans son paréo à fleurs. Une superbe jeune femme la suivait et vint se jeter au cou du vieil homme, disparaissant à moitié dans la gigantesque étreinte.

— Papa !

— Janet... Quelle merveilleuse surprise ! Colin t'accompagne ?

— Oui ! Nous sommes venus sur un coup de tête, pour faire une petite fête avant le départ de Jaimie ! Au fait, où est encore passé mon frère préféré ?

— Au chevet d'une vache malade, expliqua Ian, dévisageant tendrement la jeune femme. Mais j'oubliais... Je te présente notre invitée, le Pr Ann Lowry. Ann, voici ma fille, le Dr Janet Wilcox.

Ann se releva, lissa sa jupe et tendit la main au jeune docteur dont les yeux bleus rappelaient immédiatement ceux de Jay. Elle portait une robe chemisier en soie pastel, toute simple mais qui mettait bien en valeur ses longs cheveux auburn, retenus en arrière par un peigne de nacre irisée.

— Hello, docteur Wilcox.

— Que diriez-vous d'utiliser plutôt nos prénoms, professeur ?

Ann acquiesça volontiers mais elle se sentait toute petite devant une aussi jolie femme...

— Quelle est votre spécialité, Janet ?

— La pédiatrie. Colin et moi exerçons sur la plus grande des îles.

Elle se retourna. Son mari les rejoignait.

— Colin ! Viens, que je te présente l'invitée de papa !

Il salua tout d'abord son beau-père et s'avança vers Ann en souriant. Il formait avec Janet le couple le mieux assorti qu'elle ait jamais vu : tous deux grands et minces, la trentaine, lui très blond aux yeux noirs, elle châtain, tirant un peu sur le roux... Colin enlaça sa femme, d'un geste tendre et naturel.

— Ravi de vous rencontrer, Ann. Vous êtes botaniste, à ce que j'ai compris ? Ian a dû vous rebattre les oreilles de ses récentes découvertes !

— Mais c'est moi qui lui en redemande ! Je ne me lasse pas de l'écouter. L'étendue de ses connaissances me fascine littéralement...

Ian se leva et Janet fut immédiatement à ses côtés.

— Jaimie sera si content de vous voir, mes enfants ! Vous nous avez beaucoup manqué... J'espère qu'il sera rentré à temps pour le dîner. Vous savez ce que c'est...

— Nous sommes payés pour le savoir, papa ! Si tu

savais le tour de force que cela représente de s'absenter quelques jours du cabinet !

Elle prit son bras et ils rentrèrent en bavardant :

— Heureusement, nous avons trouvé deux médecins remplaçants, expliquait Janet. Mais, à chacun de nos départs, tous les enfants de l'île tombent malades en même temps ! Les pauvres, à croire qu'ils le font exprès...

Colin s'était attardé avec Ann.

— Alors, l'idée d'aller vivre un mois en forêt vous plaît-elle ?

— Oh, oui ! J'ai préparé le voyage du mieux possible, j'ai lu tout ce qu'on pouvait trouver sur la question ! J'emporte du matériel photo pour constituer une documentation vraiment complète.

— Vous vous préparez un emploi du temps chargé !

— Chaque minute compte ! Je ne retrouverai peut-être jamais une occasion pareille.

Colin sourit. La jeune botaniste lui rappelait l'étudiant qu'il avait été, dévoré de passion, brûlant du désir d'apprendre.

Tout le monde s'installa au salon et Colin fut chargé du bar.

— Que prenez-vous, Ann ?

— Whisky-soda.

C'était Ian qui avait répondu. Comme s'il la connaissait depuis des années... Ann fut sensible à sa prévenance. Quelle joie de se sentir intégrée dans une famille aussi sympathique, active et passionnée... A vrai dire, elle enviait un peu leur bonheur.

La fin d'après-midi s'écoula agréablement. Janet et Colin parlaient de leur métier. Ann était très impressionnée : ils parvenaient à concilier vie de couple et obligations professionnelles en une har-

48

monie parfaite. Un tour de force car ils pratiquaient la chirurgie en plus de leurs consultations de pédiatrie ! Le tout sans négliger le vieux professeur, qu'ils venaient voir le plus souvent possible.

L'heure du dîner approchait. Chacun monta se rafraîchir. Quand ils se retrouvèrent autour de la table, Jay n'avait toujours pas reparu.

— Oh ! Mala, soupira Janet. J'avais oublié quelle magicienne tu es aux fourneaux ! Ton repas était féerique !

Ann regarda la jeune femme en souriant. Elle la trouvait vraiment ravissante et cette robe de soie qu'elle portait...

— Elle vous plaît ?

Janet avait remarqué ses fréquents coups d'œil.

— Beaucoup ! admit Ann. Je dois avouer que je n'ai pas le chic pour m'habiller. Je ne saurais jamais où trouver d'aussi jolis tissus.

— Dans ce cas, il faut que je vous emmène faire du shopping avant votre départ ! Ce serait vraiment dommage de quitter les îles sans un petit souvenir pour vous rappeler votre séjour parmi nous...

Bien sûr, pendant le repas, on avait parlé de Jay. Janet reconnaissait volontiers que, pour son frère, elle demeurait la petite Janny, malgré leur faible différence d'âge et les efforts démesurés qu'elle avait faits à une certaine époque pour se grandir à ses yeux en lui trouvant une épouse ! Stratégie sans succès bien entendu !

— Doc Jaimie est rentré !

La voix claironnante de Laela emplissait le couloir... Jay fit son apparition, poussiéreux, tendu. Laela tourbillonna devant lui, faisant admirer le chemisier fleuri que lui avait offert Janet.

— Regarde mon cadeau ! C'est bien, hein ?

Il baissa les yeux une seconde et son sourire effaça de ses traits toute trace de fatigue. Comme par enchantement.

— Très joli, la Puce.

Il fit le tour de la table pour embrasser Janet et serrer la main de son beau-frère.

— Te voilà déjà ! fit sa sœur en riant. Quand on pense à tout le chemin que nous avons fait pour te dire au revoir !

— Navré, Janny...

Il adressa un sourire d'excuse à la ronde, s'attardant sur Ann un peu plus longtemps que nécessaire.

— J'ai dîné chez les *calabash*. Je monte me changer, j'en ai pour deux minutes.

Laela lui emboîta aussitôt le pas, bavarde comme une pie.

— Et encore, tu n'as pas vu la robe que m'a apportée Janet...

Sa voix flûtée se perdit dans le couloir et Janet conclut en souriant :

— Elle va le soûler de paroles jusqu'à ce qu'il se réfugie dans la salle de bains ! Pauvre Jaimie !

— Tu sais bien qu'il en est ravi ! dit Colin avec un clin d'œil malicieux. Il adore cette gosse.

Tout le monde se jeta sur le dessert qu'apportait Mala mais, curieusement, Ann ne ne sentait plus aucun appétit. Pour rien au monde elle n'aurait admis que Jay en était la cause... Evidemment pas ! Sans doute l'excitation du voyage qui approchait.

Les convives passèrent ensuite sur la véranda et Mala servit le café dans un très joli service en argent. Colin préparait des verres. La soirée s'annonçait détendue.

Ann s'intéressait de près à la conversation et,

pourtant, elle sut exactement le moment où Jay allait les rejoindre. Sans en avoir conscience, elle avait accordé ses sens à ceux du géant roux, comme on met deux montres à la même heure... Jay entra. Il avait troqué son short froissé contre un pantalon sombre, qu'il portait avec une chemise pâle à col ouvert. Des gouttelettes d'eau brillaient encore dans ses cheveux.

Amicalement, il enlaça sa sœur et Janet se serra contre lui. Il était évident qu'elle l'adorait.

— Dure journée, Jaimie ? fit Colin en lui tendant un verre. Tu m'as l'air un peu fatigué... Je me trompe ?

Jay but une longue gorgée.

— Quelques heures d'amusement au soleil, rien de plus... Mais qui vous remplace pendant que vous vous distrayez loin de vos malades ?

— Deux de nos confrères, à qui nous serons éternellement redevables ! répondit Janet en riant.

Elle tiraillé la barbe de son frère.

— Mon chou, tu ressembles de plus en plus à l'abominable homme des bois ! Si le ciel m'écoutait, il t'enverrait une femme pour te reprendre en main et faire de toi un être enfin civilisé.

— Elle en profiterait pour me faire changer de vie, alors merci bien, petite sœur ! Tu peux garder tes bonnes idées pour toi ! J'aime mieux vagabonder tout seul à travers la vie.

Ann écoutait ce petit échange en silence. Jay avait depuis longtemps tourné le dos à la civilisation. Comme il l'avait laissé entendre, quelques heures au soleil valaient mieux que les contraintes du travail...

— Parlons plutôt de vous, reprenait Jay. Vous ne repartez pas demain matin, j'espère.

— Nous pensons rester une semaine, pour avoir le temps de voir un peu papa.

— Excellente idée. Vous lui manquez.

— Il a pris l'habitude de nos absences, pas vrai ? fit Janet en embrassant son père.

— Hélas oui, mes enfants ! Je ne pourrai jamais vous pardonner de réussir si bien dans la vie. Si j'avais donné le jour à deux minables, je les verrais plus souvent !

Ann se retourna, surprise. Mais il n'y avait aucune rancœur dans ses paroles ; il plaisantait, rien de plus ! Pourtant, elle savait combien ses enfants lui manquaient.

La conversation se poursuivit sur le mode mi-tendre, mi-amusé. Ann les observait sans rien dire ; ils étaient brillants, débordants de vie et d'affection les uns pour les autres. Jay semblait un peu en retrait. Ann devinait qu'il se forçait à participer à la discussion. Soudain, à sa grande surprise, il prit une chaise et s'installa près d'elle.

— Alors, vous avez bien bavardé avec mon père ?

— Oui, c'est un homme fascinant. Les heures ont passé sans que je m'en aperçoive. Dommage que vous ayez dû partir, vous avez manqué un bon moment en sa compagnie.

— Curieux... J'ai l'impression que vous m'accusez.

Elle rougit.

— Je ne comprends pas ce que vous voulez dire.

Il la fixait d'un œil perçant. Ann se sentait mal à l'aise. Finalement, il se leva et se joignit à la conversation des autres.

Ian Mac Farland se retira le premier. Se redressant péniblement, il embrassa sa fille et souhaita bonne nuit à tous.

Après son départ, Jay et sa sœur parlèrent longuement de sa santé. Si elle et son mari tenaient à rester une semaine, c'était aussi pour s'assurer que tout allait bien sur le plan médical.

Il était presque minuit quand Janet s'excusa à son tour :

— Désolée de ne pas bavarder plus longtemps, Jay, mais la journée a été longue et les yeux de Colin se ferment tous seuls. On y va, chéri ?

Colin serra la main de son beau-frère.

— Nous resterons aussi longtemps que possible avec ton père, Jay. Et bonne chance pour l'expédition, si on ne se voit pas demain matin !

— Merci, Colin. Je suis vraiment content de votre visite. Dommage que ce soit aussi court...

— C'est toujours la même chose, dans cette famille ! fit Janet en l'embrassant. De vrais courants d'air ! Ann, je vous souhaite toute la réussite possible pour vos recherches.

Ann posa son verre, bien décidée à suivre Janet et Colin. Elle ne tenait pas à se retrouver seule avec le géant roux. Elle avait à peine eu le temps de se lever qu'une main chaude se posait sur son bras.

— Vous êtes fatiguée ?

— Oui.

— Curieux. Il y a deux minutes, vous paraissiez en pleine forme !

Jay l'observait comme un insecte qu'on examine au microscope et elle avait horreur de ça ! Il fallait qu'elle se maîtrise. Sa voix, surtout. Ne pas la laisser déraper...

— La journée a été longue pour la plupart d'entre nous, figurez-vous.

Elle tenta de se dégager mais l'étreinte se resserra sur son bras.

— Depuis le début de la soirée, vos yeux se transforment en poignards chaque fois qu'ils me regardent. Vous cherchez la bagarre, alors allons-y.

Elle se recula, Jay la prit aux épaules. Mais elle savait se contrôler. Toute sa vie n'avait été qu'un entraînement à la discipline. Pourtant le contact de Jay, ses mains sur elle... Elle se sentait de moins en moins sûre d'elle.

— Vous voulez une explication ? La voilà : il se trouve que j'estime beaucoup votre père. C'est un homme gentil, vraiment différent.

— Quelle analyse pertinente ! Et alors ?

Elle se libéra d'un geste rageur.

— Et alors rien ! Ian est trop gentil pour qu'on le traite en quantité négligeable, c'est tout ! Pourquoi l'avoir laissé seul le dernier jour où il pouvait profiter de vous ? Il semblait tellement déçu de votre départ...

— Déception que je partageais ! gronda Jay si près qu'elle en frémit. Où voulez-vous en venir ? Parlez, Ann ! Vous êtes allée trop loin pour reculer.

— Vous partez toute la journée à la plage, vous rentrez en annonçant tranquillement que vous avez dîné ailleurs, chez ces... Calabash, et vous trouvez normal que votre père accepte la situation sans un mot de protestation !

Avait-elle la berlue ? Mais... il souriait ! Ses yeux se plissaient, sa barbe frémissait, et voilà qu'il éclatait de rire ! Il se moquait d'elle ou quoi ?

— Figurez-vous qu'à Hawaii le mot *calabash* signifie les amis, les voisins, un peu l'extension de votre famille. Ceux avec qui vous avez travaillé, peiné... Le *calabash*, c'est le bol commun où tout le monde se sert. J'avais soigné leurs bêtes toute la journée, je ne pouvais pas refuser le repas qu'ils m'offraient.

Ann était devenue écarlate.

— Je croyais... que vous aviez laissé tomber votre père pour aller vous amuser ailleurs.

Jay la prit aux épaules en riant :

— Vous savez ce que vous êtes ? Un missionnaire ! Avec votre petite jupe stricte, votre chemisier net et votre chignon bien serré, vous ressemblez à ces missionnaires qui venaient du continent prêcher la bonne parole aux sauvages...

Il eut un sourire ironique.

— Alors, petite Annie, vous avez décidé de convertir le fils prodigue ?

Elle baissa les yeux, les mains serrées l'une contre l'autre comme pour faire barrière entre eux... Jay releva son visage et l'amena en pleine lumière.

— Croyez-vous pouvoir arriver à vos fins avec un pêcheur de ma trempe ?

Elle humecta ses lèvres sèches.

— Je ne suis pas certaine que vous vouliez changer...

— Imaginez que le pêcheur convertisse le missionnaire !

Il eut un rire de gorge, profond, irrésistible, qui heurta les nerfs à vif de la jeune femme. Malgré elle, son regard glissait vers la bouche de Jay...

— J'imagine qu'à vivre sur cette île on perd le sens du temps et des contraintes. On doit même finir par se moquer de tout, des autres et des principes moraux les plus élémentaires.

Elle détacha péniblement les yeux de ces lèvres tentatrices et chercha à se reculer.

— Ce n'est pas parce que je respecte morale et horaires qu'il faut faire de moi une sainte ou une missionnaire ! Evidemment la discipline que je m'impose doit vous paraître idiote... Vous êtes le genre d'homme qui agit toujours à sa guise, sans se soucier de l'opinion des autres.

— Très juste, Annie Laurie. Et voilà ce qui me plaît !

Ann se retrouva soulevée dans ses bras. La bouche qui prit la sienne était brûlante, exigeante. La tendresse de la veille avait disparu, faisant place à la fureur, au désir de possession... Quand elle voulut s'échapper il la serra encore plus fort, pour qu'elle sente chaque pouce de son corps plaqué au sien.

— Maintenant c'est votre tour, petite missionnaire, fit-il plus doucement. Voulez-vous m'embrasser ?

— Ne croyez pas que...

La protestation mourut contre les lèvres de Jay. Mais il la toucha à peine. Il voulait que la demande vienne d'elle. Sa bouche était là, tout près, terriblement tentante... Ann perdait pied. Il suffirait d'un rien, se hausser un peu vers lui... Elle se sentait soudain si faible !

— Jay, je...

— Vous n'avez rien à craindre, Ann. Embrassez-moi, tout simplement.

Elle obéit et ce fut une explosion de passion, un tourbillon qui l'emporta comme un brin de paille. Docilement elle entrouvrit les lèvres et laissa Jay explorer sa bouche, goûtant à son tour ces sensations grisantes, tellement nouvelles et merveilleuses... Jamais elle n'avait eu cette envie de découvrir un homme, de lui rendre caresse pour caresse !

La sentir céder peu à peu exaltait l'ardeur de Jay. Les mains qui la maintenaient glissèrent lentement sur son corps. Il s'attarda sur ses hanches, les rapprochant encore de lui...

Ann étouffa un gémissement. Elle enlaça son cou, s'offrit le plaisir de fourrager dans cette broussaille de cheveux drus. Quelle volupté de se perdre dans ses bras...

Jay précisait ses caresses, remontant doucement vers ses seins. Il effleura leur pointe du pouce... Choquée, elle se recula mais une poigne ferme la retint. Jamais elle n'avait laissé un homme la toucher ainsi ! Mais Jay Mac Farland ne ressemblait à aucun autre. Ses mains se faisaient douces à présent, persuasives, comme pour l'apprivoiser...

— Oh ! petite Annie... Je commence à apprécier les missionnaires ! Vous faites preuve d'un tel zèle ! Peut-être pas dans le bon sens, d'ailleurs... Mais même si vous échouez, même si je vous convertis à l'insouciance, je sens qu'on va bien s'amuser...

Il reprit ses lèvres lentement, langoureusement, comme pour mieux lui faire désirer le paradis qu'il promettait. Ann se laissait aller, enivrée, brûlant de la fièvre qu'il lui communiquait.

— La forêt tropicale est un autre monde, murmura Jay contre sa tempe. Nous y serons seuls tous les deux. Cachés sous un voile de brume, perdus dans un temple de verdure... Et je vous ferai connaître les secrets de la vie.

Que disait-il ? La jeune femme reprit brusquement conscience de la réalité. Il fallait qu'elle se secoue, qu'elle mette un terme à ces folies avant d'atteindre le point de non-retour !

— Monsieur Mac Farland, je n'ai nullement besoin de vos services pour connaître les secrets de la vie. Je suis une scientifique, ne l'oubliez pas, et en outre une femme intelligente. Je n'ai pas pour habitude d'embrasser les... sauvages à tous les détours de jungle ; votre rôle dans la forêt sera de me guider, rien de plus. C'est bien compris ?

— Je vous comprends beaucoup mieux que vous ne le pensez, petite Annie Laurie, fit Jay avec un sourire malicieux. Et j'en conclus que je ne vais pas m'ennuyer pendant les semaines à venir...

Les yeux d'Ann lançaient des éclairs d'or sombre et de cuivre. Elle aurait voulu le gifler !

— Le parangon de vertu face au sauvage sans foi ni loi. La sainte et le pécheur. Passionnant...

Il suivit du doigt le contour de ses lèvres et la sentit se raidir.

— Vraiment passionnant !

Ann n'en put supporter davantage. Elle quitta la véranda sans se retourner, persuadée qu'il la suivait des yeux. Qui plus est, elle aurait juré qu'il souriait...

Chapitre quatre

Le soleil paressait encore mais déjà des rais de lumière filtraient à l'horizon. La jacassante chorale des oiseaux réveillerait bientôt la forêt. Pour l'heure tout dormait, vent, arbres, insectes... L'île était assoupie dans un calme presque irréel.

Ann se pelotonna dans la tiédeur du lit, s'offrant comme premier plaisir du jour le souvenir des lèvres de Jay. Le contact de cet homme la troublait à un point inimaginable. Ses premières expériences ne l'avaient pas préparée à celle-ci ! Il envahissait ses pensées et le vrai but du voyage passait au second plan.

Dangereuse pente... Il fallait absolument qu'elle retrouve ses motivations ! Paresse étant mère de tous les vices, elle bannirait Jay de son esprit en travaillant vingt-quatre heures sur vingt-quatre !

Et tout d'abord, debout. Ce n'était pas un piètre effort que de quitter le cocon si doux de son lit ! Elle ouvrit les rideaux et sortit sur la véranda. Le brouillard matinal noyait les couleurs, estompait les formes pour dessiner un paysage incertain, une aquarelle paresseuse qui n'attendait peut-être qu'un signe d'elle pour s'animer. Ann s'étira. Elle se sentait vibrer d'énergie : la grande aventure commençait aujourd'hui !

Elle allait enfin se livrer à son unique passion : la recherche sur le terrain. Contenant mal son impatience, elle se baigna et s'habilla en un tournemain. C'était l'heure ou jamais d'étrenner sa tenue de brousse : chemise à manches longues et lourd pantalon kaki. Les hautes chaussures de marche furent soigneusement lacées à mi-mollets, enserrant le bas du pantalon. Le chignon traditionnel s'accompagna d'un bandeau de coton, destiné à retenir les mèches folles.

Ann soumit son matériel à une minutieuse inspection et empaqueta le tout méticuleusement : vêtements de rechange, tennis, appareils photo, carnet de notes, stylos, tente à une place, trousse de toilette. Parée. Elle referma le sac à dos, passa ses bras dans les sangles et tenta de le hisser sur ses épaules. Le poids était tel qu'il la déséquilibra... Elle fit quelques pas en zigzag et atterrit sur le lit les quatre fers en l'air ! Et rien à faire pour se redresser ! Elle avait beau gigoter désespérément, elle se retrouvait aussi impuissante qu'une tortue renversée sur le dos. Furieuse, elle se décida à abandonner les sangles, expédia au sac un coup de pied vengeur et tenta de faire le point : comment alléger son fardeau alors qu'elle n'avait pris que le strict nécessaire ?

La solution était simple : si on ne pouvait diminuer le poids du sac, il fallait augmenter celui du porteur. Ce qui voulait dire faire appel à Jay. Très humiliant... Elle détestait l'idée de lui demander quoi que ce soit mais, après tout, cette montagne d'homme pouvait bien se rendre utile, non ? Pour une fois que sa force servirait à quelque chose...

Elle traîna le sac dans le couloir et tirant, poussant, soufflant, elle réussit à l'amener au bas des escaliers. Mission accomplie ! Maintenant, la deuxième étape : la mise en forme. D'une des multiples poches de sa chemise, elle sortit un petit sachet de céréales vitaminées. Et direction la cuisine.

Son bel élan fut stoppé net par la vision la plus démoralisante qu'on puisse imaginer à l'heure d'un grand départ : Jay, tranquillement attablé devant un gargantuesque petit déjeuner, dégustait d'un air ravi une glace au chocolat... Et quelle glace ! Il y en avait au moins un litre ! Pour couronner le tout, il était vêtu de son short et de son habituelle chemise à fleurs. Pieds nus. Comme si de rien n'était.

— Vous voulez goûter ?

Voilà qu'il lui tendait une grosse cuillerée de glace au chocolat ! C'était à ne pas y croire... Savait-il seulement qu'on partait ?

— Ne soyez pas ridicule.

Ann s'arracha à sa stupeur et partit en quête d'un bol. Jay regardait avec amusement son dos raidi, droit comme un i.

— Prête pour l'enfer vert, à ce que je vois ?

Elle se garda bien de répondre. Ses sarcasmes ne méritaient que le dédain ! Elle finit par trouver un bol, y versa le contenu de son petit sachet et arrosa le tout de lait. Jay examina la mixture avec méfiance :

— Qu'est-ce que c'est que ce machin-là ?

— Fruits déshydratés, sésame, noisettes, céréales complètes, germes de blé, levure, renfort de protéines. Spécialement destiné à l'effort physique, précisa Ann entre deux bouchées méthodiquement mastiquées. Les montagnards ne connaissent que ça.

— Les pauvres... On dirait un mélange de sciure et de gravier roulés dans la poussière. Aucune personne sensée n'accepterait d'avaler ça. Pourquoi ne prenez-vous pas du bacon et des œufs comme tout le monde ?

— Pour votre gouverne, Jay Mac Farland, sachez que ce mélange est hautement nutritif. Bien plus qu'un steak.

— Nutritif, peut-être, mais où est le plaisir de manger, là-dedans ? Tenez, essayez plutôt ma glace...

Elle le foudroya du regard, comme s'il lui avait proposé d'enfreindre les dix commandements à la fois.

— Je ne comprends pas qu'un adulte puisse se goinfrer de glace au petit déjeuner !

— Y a-t-il une règle qui prescrive certaines heures pour certains plats ? Ou faites-vous partie de ces gens qui s'inventent des contraintes à tout bout de champ ? Chaque chose en son temps et un temps pour tout...

Il la fixa de ses yeux bleus.

— Je parie que, pour ma petite missionnaire, on ne doit faire l'amour que lumière éteinte et rideaux soigneusement tirés !

— Faut-il vraiment que vous rameniez tout au sexe ?

Jay reprit une grosse cuillerée de glace en soupirant :

— Songez-vous seulement que je vais devoir m'en passer pendant un mois ? De glace, bien sûr...

Ann était écarlate. Elle avait décidé de ne plus

répondre. Jay la regardait avaler ses céréales d'un air affligé. Soudain son visage s'illumina.

— Mais que je suis bête... Mangez donc vos protéines, petite Annie ! J'ai tout intérêt à ce que vous débordiez d'énergie...

Il éclata de rire et Ann se rendit compte qu'elle en aimait la sonorité. Malgré tous les sous-entendus. Pourquoi s'offusquer ? Il agissait comme un enfant, décidé à la pousser dans ses derniers retranchements. Une ou deux gamineries ne lui feraient pas perdre sa sérénité.

— Au fait, Ann, pouvez-vous m'expliquer pourquoi vous arborez cette tenue de camouflage militaire ?

— Le Pr Smythe-Fielding recommande ces vêtements.

— Oh... Et pour quelles raisons ?

— Protection contre les insectes, contre l'humidité de la forêt, etc. Si ça convient à nos soldats, c'est bon pour moi aussi.

— Je ne conteste pas les connaissances du Pr Smythe-Fielding ! C'est lui l'expert, je ne suis qu'un modeste guide... Mais, franchement, cet équipement militaire est inutile.

— Comme vous le dites si bien, c'est le Pr Smythe-Fielding l'expert !

Elle rinça son bol et le plaça dans le lave-vaisselle.

— Vous avez empaqueté votre matériel, Jay ?

Du bout de la langue, il délogea un peu de glace qui s'accrochait à sa cuiller.

— Quel matériel ? Encore une fois, je ne suis qu'un modeste guide...

Ses incessantes taquineries allaient finir par avoir raison de sa patience !

— Vous aurez besoin d'une ou deux affaires

personnelles, non ? Nous partons pour un mois, je vous le rappelle !

— Mmm...

Il n'allait pas lécher le bol, tout de même ? Non. Quand même pas... Il se leva et rangea sa vaisselle à côté de la sienne.

— Jay... Enfin... vous n'allez pas partir sans rien ?

— Non. Mais j'aime bien voyager léger.

Ann sourit.

— Ça tombe bien ! J'ai besoin qu'on m'aide à porter mes bagages... Pas d'objection ?

— Ça dépend...

— De quoi ?

— Du poids !

Ann haussa les épaules et le précéda dans le couloir. Le sac n'avait pas bougé mais il lui parut encore plus monstrueux que tout à l'heure.

— J'aurais du mal à soulever le tout. Si on divise les affaires en deux, ça ira pour vous ?

Jay la dévisagea d'un œil incrédule.

— Vous ne pensez pas sérieusement à trimbaler tout ce bric-à-brac ?

— J'ai établi la liste avec le plus grand soin, Jay ! Tout est indispensable.

— C'est ce que nous allons voir...

Il s'agenouilla et commença à tout déballer, classant les affaires en deux tas sous le regard horrifié d'Ann. Quand il en arriva aux sous-vêtements, elle était près d'exploser !

— Tiens, tiens ! Mademoiselle Comme-il-faut ! ironisa Jay en brandissant un petit slip rose. Serait-il possible que sous ce treillis sévère vous cachiez des dessous affriolants ?

— Rendez-moi ça !

64

Elle lui arracha le petit triangle de dentelle, ramassa le reste de sa lingerie et fila en courant.

— Eh bien ! Où allez-vous si vite ?

Ian Mac Farland... Un peu plus et elle le renversait !

— Vous préparez vos bagages ?

Elle fit prestement disparaître les sous-vêtements dans sa poche.

— Oui... Bonjour, professeur...

— A vrai dire, papa, nous défaisons les bagages, intervint Jay. Ann croyait emporter dans la jungle toutes les commodités de la civilisation. Je m'emploie à l'en dissuader...

Courtoisement, Ian fit celui qui n'avait rien entendu et sourit à la jeune femme.

— Je suis content d'avoir pu vous revoir ce matin, Ann. Si vous veniez tous deux prendre le café avec moi avant de vous mettre en route ?

— Excellente idée, papa ! Allez-y, Ann, je vous rejoins.

— Mais... mon sac ?

— Je m'occupe de tout. Filez !

Avant qu'elle ait pu protester, Ian avait pris son bras et l'entraînait vers la salle à manger. Janet et Colin s'y trouvaient déjà.

— Eh bien ! nous voilà tous réunis ! fit le vieux professeur avec un sourire ravi. Nous allons fêter dignement le départ des voyageurs. Petit déjeuner pour tout le monde !

Ann aurait volontiers trépigné d'impatience. Mais, politesse oblige, elle affichait un sourire crispé.

— Relaxez-vous... lui glissa Colin à l'oreille. Rien ne vous presse. Je sais bien que ça vous change de Boston mais si vous arrivez à oublier un peu la notion d'horaire, vous apprécierez vraiment la joyeuse insouciance des îles. Pauvre petit professeur ! On vous croirait sur des charbons ardents !

— C'est donc tellement visible ?

— Vos grands yeux sont très expressifs, Ann.

Elle rougit. Jay lui avait dit la même chose...

— Je n'arrive pas à imaginer ma vie sans horaire et sans emploi du temps, Colin ! Je suis le genre de personne à qui les contraintes réussissent... Rien ne me plaît tant que de venir à bout d'une longue liste de travaux. Ça vous paraît très curieux ?

— Non, fit Colin en souriant. En fait, ça me rappelle un jeune étudiant en médecine qui réagissait un peu comme vous ! Mais, quand je suis arrivé sur l'île, je couvais un fameux ulcère à l'estomac... J'ai appris à changer.

— Comme quoi, tous les espoirs sont permis ! murmura Jay à l'oreille de la jeune femme.

Il venait d'entrer et avait surpris la fin de leur conversation. Ann lui lança un regard glacial.

— Permis à qui, s'il vous plaît ?

Pour toute réponse elle eut un sourire ironique.

— Et mes bagages ? Vous avez fait deux paquets ?

— Oui. On se débrouillera, ne vous en faites pas.

Mala entra, portant un plateau croulant sous les victuailles : œufs brouillés, pommes de terre, saucisses et tout un assortiment de fruits exotiques !

— On ne pourra pas avancer d'un mètre si on avale ce festin ! gémit la jeune femme.

— Arrêtez donc de vous tracasser, Annie Laurie...

Jay lui sourit et, curieusement, les battements de son cœur s'accélérèrent.

— La terre ne tournera pas moins rond si vous vous passez une petite fantaisie. Profitez donc de votre dernier repas civilisé !

Et, à sa grande surprise, Ann y prit un réel plaisir. L'ambiance était gaie, et la conversation émaillée des habituelles taquineries familiales qui dissimulaient mal de profonds liens d'affection. Au bout d'un moment, Jay repoussa sa chaise.

— Je te confie la forteresse, Janet !

Elle l'embrassa et se tourna vers Ann :

— Ne le laissez pas dériver trop loin des chemins civilisés, Ann. Il a déjà tout du sauvage ! Et bonne chance pour vos travaux !

— Merci.

Jay et son père s'étreignirent longuement et le vieux professeur fit ses adieux à Ann.

— Détendez-vous, mon petit, et profitez bien du voyage. Jay est là, vous ne courez aucun danger.

Aucun danger ? Le plus grand était sans doute la présence même de son fils...

Leurs paquetages les attendaient à l'arrière de la Jeep. Ann allait monter quand elle se rappela la lingerie toujours dans sa poche !

— Attendez-moi une seconde, Jay.

Elle remonta quatre à quatre dans sa chambre et se débarrassa de ses soutiens-gorge. Puisqu'il fallait vivre comme des sauvages...

Quelques minutes plus tard, ils roulaient vers le centre de l'île. Autant dire aux confins de la civilisation... Toutes les règles, tous les principes restaient en arrière.

— Pour nous ici, c'est l'hiver, expliquait Jay en conduisant. Les vents emportent les nuages sur le Pacifique mais notre montagne les retient au passage. Résultat, la forêt reçoit des tonnes de pluie chaque année ! Il faudra que je vous montre nos chutes d'eau. Elles comptent parmi les plus belles du monde.

Ann sentait l'excitation la gagner. Au loin, elle voyait le pic montagneux enrubanné de brume. Et, bientôt, ce serait la forêt !

— Je suis si heureuse de pouvoir faire ce voyage, Jay ! Peu de scientifiques ont cette chance.

— Papa vous classe parmi les meilleurs.

Elle rougit. Le compliment prenait toute sa valeur venant du vieux professeur...

— La forêt n'est pas facile, Ann. Il n'y aura qu'une règle à observer mais elle sera impérative : m'obéir.

Il vit naître une protestation sur ses lèvres et l'arrêta net.

— Il n'y a pas à discuter, Ann. Je vais être non seulement votre guide mais le responsable de ce qui pourrait vous arriver. Dans la forêt, il ne peut y avoir qu'un seul patron. Ce sera moi. Je donne les ordres mais, en échange, je garantis votre sécurité. D'accord ?

Il lui laissait peu de choix... Ann serra les dents. Il fallait plier.

— D'accord...

Depuis peu, ils distinguaient un voile de brume qui marquait l'entrée du royaume végétal.

— Que ferez-vous de la Jeep ?

— Je la laisserai à l'orée de la forêt, avec les clés au tableau de bord, en cas d'urgence. Si quelqu'un doit s'en servir, il la ramènera.

Ann n'en revenait pas.

— Et dire qu'à Boston je ne peux pas sortir de chez moi sans fermer à double tour ! Ma voiture serait volée dans les deux minutes si j'oubliais les clés dedans !

— Ici, tout le monde se connaît. C'est l'avantage de posséder son île ! Vous voyez un voleur tenter d'en faire sortir la Jeep incognito ?

— Pas facile ! admit la jeune femme en riant.

Jay coupa le contact. Ils étaient arrivés. Ann prit son paquetage, surprise de le trouver aussi léger.

— Qu'avez-vous pris dans le vôtre ?

— L'équipement photo. C'était le plus lourd.

Elle hissa le sac sur ses épaules et fit quelques pas, tout à fait à l'aise.

— Ce n'est pas possible... Vous devez avoir ma tente aussi...

— Prête, Ann ?

— Oh ! oui.

Une étincelle d'excitation dansait dans ses yeux d'ambre. Jay ajusta le second sac sur son dos.

Et ils entrèrent là où le soleil lui-même ne pénétrait pas. Sous ses pieds, Ann sentait un épais tapis de mousse. Autour d'eux, croissait une végétation tentaculaire. Le voile de brouillard entretenait une humidité tiède, comme une vapeur qui s'accrochait à la peau. Ann leva les yeux vers la voûte de verdure ; contrairement à ce qu'elle attendait, il ne faisait pas sombre dans la forêt. Les arbres baignaient dans une lumière diffuse, vert d'eau, merveilleusement douce.

— Oh ! Jay... Quelle étrange luminosité... C'est partout pareil ?

Instinctivement elle avait baissé la voix. Jay répondit sur le même ton.

— Oui... fascinant, n'est-ce pas ? Quand j'étais petit, je croyais cet endroit magique.

— Il l'est, murmura Ann.

Il la regarda longuement et reprit la tête de leur petite colonne. De temps en temps, un oiseau coloré trouait les feuillages. L'œil expérimenté d'Ann en repéra plusieurs appartenant à des espèces protégées, disparues ailleurs. Avec la précision d'un ordinateur, elle cataloguait au passage les diverses variétés de vie végétale, assimilant toutes les informations que ce magnifique laboratoire lui fournissait. Et cherchant déjà le spécimen rare, la fleur inconnue des savants ! Devant elle Jay progressait, rapidement, régulièrement.

— Comptez-vous établir un camp de base ?

Comme c'était ennuyeux de parler à son dos ! D'autant qu'il avait toujours dix mètres d'avance sur elle... Il se retourna et fit une pause pour qu'elle puisse le rattraper.

— Non. Tout est facilement transportable, ce n'est pas la peine de retourner à un même point tous les soirs. Nous y gagnerons en mobilité.

— Tant mieux ! J'avais peur que nous ne soyons limités à un secteur donné de la forêt. Comme ça, on va pouvoir passer tout le terrain au peigne fin !

— Vous êtes venue pour cela, non ? Ça m'ennuierait de vous renvoyer à Boston sans vous avoir montré toutes nos richesses.

Il reprit sa marche mais Ann nota qu'il avançait moins vite, pour lui permettre de suivre sans effort.

— Jay, venez voir !

Elle s'était accroupie près d'un tronc abattu qui barrait le chemin.

Il fit demi-tour et s'agenouilla à ses côtés.

— Oui... Des graines ont commencé à germer sur la souche en décomposition... Le miracle de la nature, quand on ne la perturbe pas. Chaque fois qu'un arbre meurt, il sert de nourrice à une autre plante. Quand celui-ci aura complètement disparu, l'arbre qu'il aura aidé à naître sera assez fort pour vivre de lui-même. Et prendre à son tour le relais.

Ses paroles trouvaient dans les souvenirs d'Ann un lointain écho :

— Mes parents me disaient souvent : « Le passé prépare la voie de l'avenir. » Ils étaient tous deux scientifiques et, dès mon plus jeune âge, ils ont planté en moi les germes du savoir. Rien de plus normal que j'aie voulu suivre le même chemin. Mais, jusqu'à aujourd'hui, je n'avais pas vraiment compris que je le faisais à cause d'eux. Pour eux.

Jay fronça les sourcils.

— Normal, en effet. Mais vous feriez mieux de vivre pour vous-même.

— Vivez-vous pour vous-même, Jay ?

Il l'aida à se relever et posa doucement un doigt sur sa bouche.

— Vous posez trop de questions, Annie Laurie. En route.

Chapitre cinq

La forêt déployait devant eux sa profusion de plantes grimpantes, de fougères et de fleurs. Plus ils s'enfonçaient, saturés de parfums et de bruits inconnus, plus ils perdaient la notion du temps. Sous la lumière irréelle que filtraient les voûtes de jade, ils n'avaient plus que la fatigue pour mesurer leur avancée. Ici, l'étrange était réalité... Il leur devenait difficile d'imaginer qu'il existait un autre monde.

Fascinée, Ann se laissait absorber par cet univers mystérieux. Avoir la chance d'y pénétrer, c'était comme aborder aux rives d'un territoire sacré, interdit. La forêt de Kalaï lui inspirait soudain une crainte presque religieuse.

— Jay... j'entends le tonnerre...

Il eut un sourire énigmatique.

— Oh! non, ce n'est pas le tonnerre... Venez voir.

Il écarta un lourd rideau de feuillage. Ann se glissa par le passage improvisé...

Le sourd fracas provenait d'une cascade, grandiose gerbe d'eau verte que la montagne précipitait dans un lac d'opale. Par une trouée de verdure, on apercevait les sommets où, bombardée de soleil, elle éclatait en faisceaux d'or liquide.

— Oh! Jay... C'est incroyablement beau !

— N'est-ce pas ?

Il regardait les yeux émerveillés d'Ann.

— C'est un de mes coins favoris. Je voulais vous le faire connaître. Que diriez-vous de passer la nuit ici ?

— Bonne idée !

Il délesta Ann de son sac. C'était bon de s'arrêter un peu !

— Nous allons dresser le campement. Pour un premier jour, vous avez suffisamment marché. Vous avez faim ?

Elle éclata de rire.

— Manger ? Encore ? Mais vous ne pensez qu'à ça !

La gaieté détendait ses traits, leur prêtant une beauté juvénile, limpide. Jay ne put résister à l'attrait de caresser sa joue.

— Non. Il m'arrive parfois de penser à autre chose... d'aussi agréable, sinon plus !

Ann rougit et se détourna. Elle aurait voulu être sûre qu'il ne percevait pas le frémissement de sa peau quand il la touchait...

— Avant tout, je vais plonger dans cette superbe piscine ! fit Jay en déboutonnant sa chemise. Et vous devriez suivre mon exemple. Vos pieds sont sûrement gonflés. Avec des chaussures pareilles, vous avez du mérite d'être arrivée jusqu'ici !

— Je vais très bien, merci !

Jay leva les yeux, surpris du ton sec. Une fois de plus, elle semblait mal à l'aise en sa présence. Dès qu'elle réalisait la solitude de leur face à face, elle s'effarouchait. Cette candeur désarmante étonnait Jay et l'attirait curieusement. A la regarder rougir, il sentait le sang battre plus vite à ses tempes... Il lui faudrait de la patience, ne pas brusquer sa pudeur.

Tout cela prendrait du temps. Plus qu'il ne l'avait prévu...

— Comme vous voudrez. Moi, je vais me rafraîchir !

Ann se réfugia dans ses notes, feignant une intense occupation. En fait, elle ne savait quelle attitude adopter. Jay allait se déshabiller, plonger tout nu comme il le faisait sûrement depuis son plus jeune âge. Et, après tout, c'était bien son droit ! Il était ici chez lui.

Elle ne se retourna qu'en entendant le bruit du plongeon. Jay frétillait comme un poisson ! Il nagea sous l'eau jusqu'à l'autre rive, émergea près de la cascade et fit de grands gestes dans sa direction. Il avait l'air ravi et, pour tout dire, Ann mourait d'envie de le rejoindre ! Mais elle ne parviendrait jamais à sauter le pas... Elle ne savait pas être naturelle. Jamais elle ne s'était offert le luxe de l'insouciance.

Pendant près d'une heure, elle consigna ses observations sur le petit carnet. Quand Jay sortit de l'eau, elle était tellement absorbée qu'elle ne l'entendit que trop tard. Trop tard pour se détourner... Timidement, elle leva les yeux. Il avait gardé un short. Des gouttelettes d'argent ruisselaient sur sa poitrine et Ann se surprit à fixer la toison rousse...

— Allez, Ann ! C'est votre tour !

Elle allait protester mais il coupa court :

— Vérifiez l'heure. Je vous accorde soixante minutes à vous toute seule. Vous pourrez nager, vous baigner, vous laver les cheveux en toute tranquillité. Je pars ! Mais, s'il vous arrivait quoi que ce soit, criez ! Je serais là dans la seconde qui suit.

Il remit ses chaussures et disparut dans la jungle... Ann restait interdite ; elle parvenait à peine à croire à ce cadeau ! Soudain elle éclata d'un rire ravi, se déshabilla et se jeta à l'eau !

Jay l'entendit de loin. Comme il aimait ces notes cristallines, ce rire pur d'enfant... D'enfant ? Mais oui, c'était cela le secret de son étrangeté : cette femme brillante, intransigeante et disciplinée combinait les qualités d'un grand professeur avec l'innocence d'une enfant ! Et il était le seul à l'avoir deviné. Assez excitant... Un peu frustrant, aussi !

Il s'assit contre un tronc d'arbre et alluma tranquillement un cigare. Elle avait les plus beaux yeux qu'il ait jamais vus. Sous l'effet du désir ils se pailletaient d'or et luisaient comme ceux d'un chat, dilatés, immenses... Ils trahissaient aussi sa vulnérabilité. Si jamais on la blessait... Brusquement, il ressentit un violent besoin de la protéger. Cet élan ne lui ressemblait pas, lui qui avait toujours choyé son indépendance ! Mais sa fragilité était comme un appel... A la voir vivre, il sentait s'exacerber ce qu'il y avait de plus masculin en lui. Il aimait sa féminité timide, l'acuité de son intelligence, sa réserve qu'il aurait voulu briser. Parfois, au détour d'une phrase, elle se révélait involontairement et Jay devinait une blessure ancienne. Mais son passé ne la ligotait pas. Pleine d'optimisme, elle croyait très fort en elle-même.

D'ailleurs, ils n'étaient pas aussi différents qu'il y paraissait : l'insouciance de Jay dissimulait une énergie farouche. Il prenait son travail très au sérieux, tout comme elle. Mais, chez Ann, le sérieux tournait à l'obsession !

Il sourit... Mlle Comme-il-faut ! Si convenable qu'elle vous donnait envie de libérer ces cheveux trop bien tirés, de déranger un peu toute cette netteté... Quel lancinant plaisir il y aurait à dégrafer cette lourde chemise kaki, à découvrir les douces rondeurs qui s'y cachaient! Dans ses bras, l'autre soir, elle s'était révélée sensuelle et pulpeuse, beaucoup plus femme qu'elle ne voulait l'admettre. Car elle gouvernait ses émotions avec une poigne d'acier! Pour cette raison sans doute, il aimait la taquiner... Ce serait un joli feu d'artifice le jour où il passerait vraiment la mesure! Dès qu'il l'avait vue apparaître à la descente d'avion, si bien caparaçonnée dans son armure de volonté, l'envie l'avait aiguillonné de faire tomber toutes ces barrières; derrière se trouvait la véritable Ann Lowry.

Il tira une longue bouffée de son cigare, regarda les volutes de fumée s'effilocher dans l'air humide... Elle croyait honnêtement être ce bloc de glace voué au travail. Mais lui savait. Il avait reconnu la passion qui couvait sous son apparence froide. Et il voulait attiser les braises, jusqu'à ce qu'elle prenne feu. Qu'elle se consume. Pour lui.

La brindille qu'il tortillait entre ses doigts cassa net. S'il n'y prenait pas garde, cette fille allait devenir une obsession... Il écrasa son cigare. L'heure était écoulée. Il fallait préparer le campement pour la nuit. Une nuit qui promettait d'être intéressante, d'ailleurs. Surtout quand elle découvrirait ce qu'il avait fait de sa tente! Le feu d'artifice était peut-être pour ce soir!

Ann avait passé sa tenue de rechange et l'autre séchait, étendue sur un buisson. Le bain l'avait délicieusement rafraîchie. Les yeux clos, le visage tourné vers le ciel, elle laissait la brume purifier sa peau...

Jay s'immobilisa à l'orée de la clairière. C'était la première fois qu'il voyait ses cheveux libres. Tous bouclés par l'humidité, ils entouraient son visage d'un halo de miel. Elle avait l'air plus jeune sans son chignon, plus douce aussi.

Inconsciente de sa présence, elle s'étira comme un chat. Elle souriait aux anges, heureuse, en parfaite communion avec la nature. Jay s'avança à regret. Dès qu'elle l'apercevrait, la magie de l'instant se dissiperait.

— Une heure, comme promis.

— Merci, Jay. C'était merveilleux.

— Vous avez l'air reposée...

Il ne pouvait cacher l'admiration de son regard et Ann rougit.

— Vous savez, avec la bruine, vos vêtements ne sécheront pas.

— Dès qu'on aura monté ma tente, je les rentrerai.

Allait-il lui dire tout de suite ? Non. Pas encore...

— Ça n'y changera rien, Ann. L'air est trop humide pour un tissu si lourd.

— Eh bien ! je les porterai mouillés. Au moins ils seront propres.

— Et vos chaussures ?

Elle les avait suspendues à une branche.

— Je m'habituerai à marcher avec les pieds moites.

— Ridicule... Suivez mon conseil et portez des chaussures de toile. Au moins, votre peau pourra respirer. Si vous gardez ces godillots, vous vous préparez de sérieux ennuis ! Le *cro-cro*, vous connaissez ? Ça commence par une irritation et ça finit par vous faire des trous dans la peau. On l'attrape beaucoup plus facilement en milieu humide.

— Mais le Pr Smythe-Fielding...

— Qu'il aille au diable! Croyez-moi, Ann, prenez vos tennis!

Il vit les pupilles de la jeune femme se rétrécir dangereusement. Il n'obtiendrait rien en insistant maintenant. Autant faire diversion...

— Je parie que le bain vous a creusé l'appétit!

— Un peu...

— Ça vous dit de pêcher avec moi?

Elle ne put s'empêcher de rire.

— Pêcher? Mais je ne sais pas m'y prendre!

— Tout le monde sait se débrouiller!

— Pas moi... Il y a des tas de choses que je n'ai jamais faites, avoua Ann timidement. Mais j'ai tellement envie d'apprendre! Vous voulez bien me montrer?

Il faillit la prendre dans ses bras, lui jurer de lui enseigner la pêche, l'insouciance, la glace au petit déjeuner et bien d'autres folies... mais il était trop tôt encore. Il se contenta de répondre d'un air détaché:

— A votre service, professeur... Suivez-moi.

Au bord de l'eau elle s'arrêta:

— Je vais me mouiller!

— Roulez les jambes du pantalon aussi haut que vous le pouvez. A moins, fit-il en levant un sourcil moqueur, que vous ne préfériez l'ôter...

— Eh bien! docteur Mac Farland... Vous avez le diable au corps!

Elle avait imité sa mimique, et cet humour était si neuf chez elle que Jay resta une bonne seconde interloqué! Puis ce fut l'éclat de rire:

— Vous commencez à avoir un peu trop d'esprit, vous! Venez plutôt m'aider à tendre ce filet. Prenez-le par là... Je vais chasser le poisson vers nous et, à mon signal, hop ! vous lâchez tout. Attention, il faut réagir vite !

Il écarta une mèche blonde qui retombait sur l'œil de la jeune femme.

— Pensez-vous être à la hauteur, professeur ?

— La mission est délicate... mais je ferai de mon mieux !

Pendant une heure, elle s'appliqua et bientôt les poissons s'accumulèrent sur la berge.

— Ça devrait suffire, maintenant, fit Jay en reprenant son filet. Cher professeur, vous vous en tirez fort bien... La prochaine fois, j'irai peut-être jusqu'à vous confier des tâches d'importance. Par exemple, rabattre le poisson pendant que je tiens le filet.

Ann eut un petit sourire coquin.

— D'accord... mais à une condition : il faudra réagir vite ! Si vous lambinez, je me verrai dans l'obligation de chercher un autre assistant !

Jay poussa un gros soupir.

— Eh voilà ! Toujours la même chose... Dès qu'on leur donne un brin de responsabilité, ça leur monte à la tête... C'est la dernière fois que je vous emmène à la pêche !

— Tant pis ! Qu'est-ce qu'on a pour le dessert ?

Jay allumait un feu et sortait une sommaire batterie de cuisine.

— Regardez autour de vous ! Papayes, bananes, ananas...

— Savez-vous que l'ananas est de la famille des agrumes ? Il contient de l'acide citrique, dénominateur commun de cette variété. Les citrons, les oranges, les pamplemousses en contiennent et...

— Et savez-vous que, si vous ne vous surveillez

pas, vous vous mettez à parler comme à vos étudiants ?

Ann vira au cramoisi. Il avait raison. A la moindre occasion, elle se lançait dans une conférence. Une sorte de seconde nature.

— A moi de faire les cours, dit Jay pour dissiper sa gêne. Connaissez-vous le taro ?

— Je suis botaniste, rappelez-vous ! A vrai dire, je sais tout du taro mais je n'en ai jamais goûté.

— Sur l'île, c'est un des aliments de base. On pile les racines et on obtient une sorte de pâte. On pourrait comparer cette purée à la pomme de terre écrasée. Vous voulez essayer ?

— Bien sûr !

Ils déterrèrent les racines, Jay lui montra comment les indigènes les réduisaient en pâte à l'aide d'os séchés ou de pierres. Une heure après, le poisson grésillait dans la poêle et ils s'installaient confortablement pour prendre leur premier dîner.

— La nuit tombe. Nous ferions mieux d'installer le campement, suggéra Jay au bout d'un moment. Il faut songer à dormir !

Ann lui sourit. A part une réflexion au sujet de ses chaussures, il s'était montré si gentil...

— Allons-y !

Jay sortit de son sac un carré de toile opaque bien pliée et commença l'installation.

— Jay... Et ma tente ?

— Mais la voilà ! Notre tente.

— Comment ça, notre tente ? Où est passée la mienne ?

— Elle était beaucoup trop lourde, Ann. Et complètement dépassée. La mienne est en matériau ultra-léger, elle tient dans la poche et on peut la monter en deux minutes.

Ann le fusillait du regard. Mais il continuait son petit travail sans se soucier d'elle.

— Ma tente suffit largement pour deux. Autre avantage, la toile est transparente, ce qui permet de parer à toute éventualité, animal égaré ou autre... Je vous assure que vous la trouverez très confortable.

— Vous plaisantez, j'espère !

Ann manquait s'étrangler de fureur.

— Vous ne pensez quand même pas que je vais partager cette tente avec vous ?

— Voyons, Ann... Nous allons passer un mois ensemble. Marcher ensemble. Manger ensemble. Vous ne pouviez pas raisonnablement croire que j'allais transporter deux tentes et les monter chaque soir !

— Monsieur l'Insouciance qui vient me parler raison, maintenant ! D'abord, je ne vous ai jamais demandé de monter ma tente, je peux m'en occuper toute seule !

— Admettons. Mais c'était quand même moi qui devais la porter.

— Oh ! vous êtes impossible !

Les larmes lui montaient aux yeux.

— J'aurais dû savoir qu'on ne pouvait pas compter sur vous ! Quelle bêtise de vous avoir laissé mon sac ! De quel droit avez-vous pris cette décision à ma place ? Jay Mac Farland, je n'ai aucune intention de dormir dans la même tente que vous !

Elle aurait voulu disparaître, s'enfoncer sous terre. Faute de mieux, elle courut jusqu'au lac et se mit à arpenter la berge d'un pas furieux. Dire qu'elle dépendait de lui pour tout et qu'il ne songeait qu'à l'humilier ! Elle resterait toute la nuit dehors s'il le fallait mais elle prouverait à ce tyran qu'elle pouvait résister. Soudain une lumière s'alluma dans la tente. Elle risqua un coup d'œil... A travers la toile transparente, elle vit Jay retirer sa chemise. Il se coucha et, aussitôt, l'obscurité reprit possession de la clairière.

Ann serra les poings : il l'avait complètement oubliée ! Elle aurait pu se noyer, se perdre, se faire attaquer par un animal sauvage ! Est-ce que Jay Mac Farland s'en préoccupait ? Pas du tout. Il dormait ! Pendant qu'elle se rongeait de colère, cette brute dormait tranquillement...

Chapitre six

Recroquevillée derrière un buisson, Ann attendait... La bruine s'était transformée en pluie, une pluie tiède et tenace qui pénétrait jusqu'aux os. Au bout d'une heure, elle était trempée.

Jay devait dormir à présent. Elle se glissa vers la tente ; une respiration régulière la rassura. Elle entra sur la pointe des pieds et manqua trébucher sur un curieux échafaudage, une sorte de séchoir bricolé avec des branches et couvert de vêtements. A tâtons, elle reconnut les siens. Jay avait pensé à les rentrer. Elle ne l'aurait pas cru si prévenant.

Et, puisqu'il n'y avait pas d'autre solution, il faudrait qu'elle s'accommode de sa présence. Il ne lui restait plus qu'à se changer et au lit ! Mais... où était donc sa chemise de nuit ? Elle retourna son sac dans tous les sens : disparue ! Jay lui avait fait subir le même sort qu'à la tente... Il la privait de ses vêtements ? Très bien, elle lui volerait les siens ! Sa chemise de rechange ferait l'affaire. Evidemment, elle était un peu large. Tant pis. Quand on gèle et qu'on tombe de fatigue, l'esthétique passe au second plan ! Elle l'enfila sans bruit, frissonnant de plaisir au contact du tissu bien sec sur sa peau. Elle étendit ses affaires humides sur le séchoir, essuya ses cheveux et entreprit de trouver le lit. Sans doute un matelas pneumatique ou un lit de camp...

Sa première surprise fut de découvrir des draps au lieu d'un sac de couchage. La seconde fut de s'enfoncer dans une confortable épaisseur de... De quoi ? elle ne savait pas au juste, mais c'était aussi doux qu'un coussin !

Le lit occupait toute la largeur de la tente. Elle se pelotonna le plus loin possible de Jay.

— Alors, vous avez fini par rentrer ?

Ann sursauta.

— J'espérais que vous dormiez, fit-elle sèchement.

— Comment voulez-vous que je ferme l'œil en vous sachant sous la pluie ?

— Charmante attention. Je n'en attendais pas tant.

Réaction d'enfant boudeuse, mais tant pis ! Elle était fâchée, autant que ça se sache !

— Eh bien, vous aviez tort. Je me soucie de votre petite personne.

— C'est vrai ?

Ces mots lui réchauffaient le cœur.

— C'est vrai. Je suis votre guide, non ?

Quelle douche froide ! Il se sentait responsable, rien de plus.

— Je vois... Vous préférez éviter les situations du genre : elle s'est fait déchiqueter par une bête féroce pendant que je dormais paisiblement sur un délicieux matelas. Difficile à expliquer !

— Vous avez tout compris...

Avait-elle rêvé ce sourire dans sa voix ! De toute façon, elle était trop fatiguée pour chercher midi à quatorze heures.

— Ann ?

86

— Quoi encore ? J'essaie de dormir !

— Qu'est-ce que vous avez mis pour la nuit ?

— Ça ne vous regarde pas !

Il eut un petit rire.

— Si je vous le demandais, c'était juste histoire de faire de beaux rêves !

Le silence retomba. Au bout d'un moment, Jay murmura :

— Vous n'avez pas fait la bêtise de garder vos vêtements mouillés, au moins ?

— Pour l'amour de Dieu, Jay, allez-vous vous taire ? Vous n'êtes pas mon ange gardien et j'ai encore assez de bon sens pour ne pas risquer la pneumonie. Mes vêtements sont sur le séchoir. Maintenant, dormez.

Elle se retourna et tira la couverture sur ses épaules. Jay se glissa vers elle :

— Quand j'ai trié vos affaires, fit-il tout contre sa tempe, je suis tombé sur une affreuse chemise de nuit...

Elle se redressa d'un bond.

— Comment ça, « affreuse » ?

— Horrible. Un cauchemar. Le genre de choses qu'on porte au pôle Nord quand on a quarante de fièvre. Complètement démodée et boutonnée jusqu'au cou !

— Merci, c'est une de mes chemises de nuit préférées !

— Je m'en suis débarrassé, avoua Jay en riant.

— J'ai vu ! Vous n'en aviez pas le droit !

— Très juste. Dommage que vous me le disiez si tard... Ann, répondez-moi : que portez-vous ?

Silence...

— Ann ?

Elle se résigna avec un soupir furieux.

— Votre chemise. Je porte votre chemise. Vous êtes content ?

— Non ? Ne me dites pas que vous... Il faut absolument que je voie ça !

Il alluma. Immédiatement, Ann plongea sous les couvertures.

— Jay ! Eteignez !

— Montrez-moi d'abord.

Elle le foudroya du regard et descendit les draps d'un centimètre, exhibant un minuscule bout de col.

Jay sourit.

— Un petit pas pour la science, un grand pas dans l'histoire des relations inter-sexes !

Il ferma la lumière. La nuit envahit la tente.

— Jay...

— Oui.

— Le matelas... Il est si doux. C'est fait avec quoi ?

Il se mit à rire, d'un rire chaud, réconfortant, tout proche d'elle.

— Un matériau comparable à ceux qu'on utilise pour les parachutes. Il est tissé très serré et, au milieu, on insère une couche de bulles. A plat, ça ne tient aucune place et, gonflé, c'est aussi confortable qu'un matelas d'eau.

Il s'interrompit une seconde.

— Vous avez déjà dormi sur un matelas d'eau ?

— Non.

— On a l'impression de flotter, c'est merveilleux.

Nouvelle pause.

— On devrait l'imposer pour toutes les lunes de miel.

Ann rougit. Une main vint caresser ses cheveux et elle sentit une onde de chaleur le long de son dos...

— Bonne nuit, petite Annie Laurie. Faites de beaux rêves.

De nouveau, la pluie s'était changée en fin brouillard. Une lumière opaque baignait la tente, estompant les deux silhouettes endormies.

Ann ouvrit l'œil. Encore entre rêve et réalité, elle mit une bonne seconde à réaliser où elle se trouvait. Ah oui ! La forêt... Elle s'étira et savoura longuement le calme. Ce silence presque irréel... Quand avait-elle déjà vécu cette scène ? Bien sûr... Petite, avec ses parents. Ils l'emmenaient partout avec eux, dans les pays les plus lointains. Et chaque matin elle se réveillait dans une tente, à leurs côtés... Elle sourit. Ce souvenir lui tenait chaud au cœur.

Avant d'attaquer la journée, elle décida de s'accorder quelques instants de paresse. C'était si bon... A côté d'elle, le grand corps de Jay sommeillait paisiblement. Elle se pencha, coula un regard furtif sur son visage. Oui, il dormait. Elle pouvait l'observer en toute tranquillité. Un sourire entrouvrait ses lèvres fermes. Ann eut soudain envie de caresser sa barbe, juste pour vérifier si elle était aussi douce que dans son souvenir ! Ses traits harmonieux reflétaient la fierté, autre chose aussi qu'elle n'arrivait pas bien à définir. D'un autre elle aurait dit : force de caractère. Mais ce qualificatif ne correspondait pas à l'image que donnait Jay Mac Farland. Son insouciance démentait la passion qu'il disait avoir pour son métier. Il était vraiment très déconcertant, toujours prêt à rire de tout... Il lui inspirait des sentiments si contradictoires ! Impossible de se forger une opinion définitive. Bon, debout ! Elle n'allait pas passer sa journée à le contempler, tout de même ! Sa première vraie matinée de recherche commençait...

Elle rejeta ses couvertures et d'un bond fut près du séchoir. Le pantalon et la chemise kaki étaient encore humides. Quant aux chaussures, un vrai désastre ! Elles lui semblaient encore plus lourdes et plus mouillées que la veille.

— Puisqu'elles vous vont si bien, je vous autorise à prendre toutes mes affaires.

Elle fit volte-face, surprise par la voix grave, un peu voilée par le sommeil.

— Je ne suis pas prête, Jay ! Retournez-vous !

— Pour me priver de ce charmant tableau ? Jamais de la vie !

— Jay !

Elle prit le ton qu'elle adoptait avec ses étudiants quand tout le reste avait échoué.

— Il n'y a pas à discuter. Retournez-vous.

Il se mit à rire et se cacha sous les couvertures.

— Pourquoi ne garderiez-vous pas ma chemise ? Vos vêtements sont encore humides... Et, pour le bas, vous pourriez vous contenter d'un short.

— Impossible, je n'en ai pas apporté. Je n'ai que ces pantalons de toile.

— Ça peut s'arranger.

Il sauta hors du lit et s'accroupit près d'elle. Ann ne portait rien sous sa chemise, lui n'était vêtu que d'un bermuda de coton. Cet homme respirait la force, la virilité... et il restait là à sauter autour d'elle comme un chiot sans se douter qu'elle était à moitié nue ! Elle ne savait vraiment plus où se mettre.

— J'ai mon couteau de chasse. Donnez-moi vos pantalons et j'en fais des shorts en deux minutes !

Il saisit celui qui séchait.

— Regardez. Il suffit de découper les jambes et hop ! le tour est joué.

— Pas question, Jay ! Rengainez-moi ce poignard et laissez-moi m'habiller !

Pendant qu'il rangeait son couteau, Ann enfila slip et pantalon sec.

— Ann...

— Encore une minute, Jay ! Je n'ai pas fini...

— Vous devriez garder ma chemise en attendant que la vôtre sèche. Ne vous inquiétez pas pour moi, j'en ai une autre.

— Merci... Mais est-ce qu'elle n'est pas un peu longue ?

A dire vrai, elle lui tombait jusqu'aux genoux ! Jay prit la situation en main. Tout d'abord, il lui roula les manches au-dessus du coude et l'intimité du geste fit rougir la jeune femme. Puis il saisit les pans de la chemise.

— Regardez, il suffit de les attacher comme ça.

Il noua les pans sur son estomac, effleurant sa poitrine au passage. Ann tressaillit. Elle lui lança un coup d'œil gêné. L'envie de rire crépitait dans son regard mais il ne fit aucun commentaire. A la moindre remarque, elle aurait quitté la tente en courant !

— D'où vient cette cicatrice ?

Jay soulignait du doigt une longue estafilade qui partait des côtes et courait jusqu'au dos.

— Oh ! c'est très vieux...

— Vilaine blessure. Accident d'auto ?

Il la vit se raidir et maudit sa curiosité.

— Non. D'avion, quand j'avais douze ans. Mes parents sont morts. J'ai survécu.

— Excusez-moi...

Où avait-elle trouvé le courage de prendre le petit avion de Moï après une telle tragédie ?

— Vous aviez des frères et sœurs ?

— Non. Je suis allée vivre chez un oncle après l'accident.

Il était presque étonné qu'elle lui réponde, elle d'habitude si discrète sur sa vie privée...

— Heureusement qu'il vous restait quelqu'un.

— Oui.

Jay remarqua la soudaine froideur de sa voix.

— J'aime vos cheveux comme ça, fit-il tout à trac.

Il caressa les vagues blondes qui cascadaient sur ses épaules. Ann s'éclaircit la gorge. Elle ne savait pas trop comment prendre le compliment. Mais, en tout cas, elle lui était reconnaissante d'avoir changé de sujet.

— Merci... Je ne vais plus pouvoir faire mon chignon, j'ai dû perdre mes épingles, hier, après la baignade. Pourtant, j'étais certaine de les avoir laissées près de la tente mais impossible de remettre la main dessus ! Je serais assez tentée d'accuser un guide de ma connaissance ; hélas ! vous étiez dans la forêt à ce moment-là. En plus, je ne vois vraiment pas à quoi ce genre d'article pourrait vous servir !

— Oh ! A rien, soyez-en sûre... Mais personne ne vous reprochera d'abandonner le chignon. Surtout pas le guide de votre connaissance...

Il eut un sourire légèrement narquois et ouvrit la tente.

— Bon ! Si j'allais faire un feu pour le café ?

— Bonne idée ! Je nous prépare deux bols de céréales protéinées.

Jay sortit en sifflotant. Au fond de sa poche, il serrait un petit paquet d'épingles à cheveux... Il

92

faudrait qu'il se souvienne de les enterrer à la première occasion !

Une heure plus tard, ils étaient prêts à partir. Jay considérait les lourdes chaussures d'Ann d'un air désapprobateur.

— Vous n'auriez jamais dû les remettre. Avec des tennis, vos pieds pourraient au moins respirer !

— Je m'en tiens à ce que dit le Pr Smythe-Fielding : on ne sait pas sur quoi on peut marcher en forêt.

Jay haussa les épaules. Il avait déjà gagné la bataille des cheveux et celle de la chemise... Pour le reste, on verrait demain.

Ann ne trouva un site digne d'étude qu'en fin de matinée. Pendant que Jay dressait le campement, elle s'attaqua avec enthousiasme aux travaux préliminaires, prélevant des échantillons du sol, classant et cataloguant, photographiant la moindre petite plante.

Jay partit chasser pour les repas de la journée. A son retour, il la trouva toujours en plein travail. Quelle fascinante énergie ! Elle terminait une série de clichés, tellement absorbée qu'elle l'avait à peine remarqué. Il s'assit sous un arbre.

— Mon père dit que vos travaux vont faire date.

Elle suspendit sa réponse, le temps de changer d'objectif.

— Peut-être... La chance d'étudier cette flore unique sur place donne une autre dimension à mes recherches. Il faut que j'en profite au maximum. Et il y a tant à faire ! Chaque minute compte !

Sa voix vibrait d'impatience... Une émotion inattendue envahit Jay. Et, jusqu'au soir, il la laissa travailler en silence, heureux de pouvoir simplement la contempler.

Une averse les avait chassés sous la tente. Heureusement, le dîner était terminé. Ann s'était assise en tailleur près de la lampe tempête et continuait la rédaction de son journal. Les petites lunettes rondes perchées sur son nez lui donnaient un air sage d'institutrice.

Jay fumait à l'autre bout de la tente, essayant vainement de se concentrer sur l'article d'un collègue. Ses yeux revenaient toujours à la mince jeune femme penchée sur ses notes

Malgré les apparences, elle était déjà bien différente du professeur collet monté accueilli trois jours auparavant... De temps en temps, elle rejetait en arrière une mèche de soie blonde qui retombait sur son front. Autour de son visage, sa chevelure formait comme un nuage couleur de blé mûr. Par l'échancrure de la chemise trop large, Jay apercevait l'amorce d'un sein laiteux. Sous les pans noués, le ventre était ferme, la peau claire. Il ressentit une curieuse crispation... Qu'est-ce que ce petit bout de femme avait bien pu faire pour l'ensorceler ?

Question tente, en tout cas, il était gagnant. Elle s'était résignée sans aucun commentaire, tâchant de s'accommoder du mieux possible d'une situation déplaisante, mais qu'elle ne pouvait modifier. Un petit sourire flotta sur les lèvres de Jay... Partager son lit avec un homme violait tous ses principes. Il ne cherchait pas à la heurter pour le plaisir mais, honnêtement, une seconde tente les aurait encombrés pour rien.

Ann leva les yeux et surprit le regard sombre fixé sur elle.

— Désolée, Jay. Je dois vous empêcher de dormir avec cette lumière...

— Non, pas du tout! Voyez, j'ai de quoi lire pour un bon moment.

— Moi, j'ai terminé. Je vais me coucher, prenez la lampe.

Elle se leva et sortit du sac sa chemise kaki de rechange. Jay suivait les évolutions de sa gracieuse silhouette.

— Si ça ne vous dérange pas de vous tourner quelques secondes, je vais me déshabiller.

Il manqua en avaler son cigare d'énervement. Franchement, à quoi cela rimait-il? Il en avait vu d'autres! Mais, à en juger par son air décidé, le moment n'était pas à la discussion... Bon. Il saurait attendre. Et, avant peu, il y aurait du changement!

— Ça y est. Merci, Jay. Bonne nuit.

Il lui lança un regard noir mais déjà elle avait remonté ses couvertures jusqu'au menton.

— Vous pouvez laisser allumé aussi longtemps que vous voudrez. Je suis si fatiguée que je vais sombrer dans une minute. Bonsoir!

— 'soir...

Jay resta immobile un bon moment et, quand il fut certain qu'elle dormait, il sortit son couteau de chasse. Il se glissa doucement près du séchoir, s'empara des deux pantalons et de la chemise kaki. Cette femme était têtue comme une demi-douzaine de mules. Ses vêtements étaient beaucoup trop lourds pour le climat mais elle préférerait mourir de chaud plutôt que d'avouer son erreur! Seule solution, la manière forte, comme toujours...

Quelques instants plus tard, il passait son bermuda et la rejoignait sous les draps. Le corps endormi d'Ann ne bougeait pas mais Jay frémit de la sentir si proche. A respirer son parfum, à deviner dans la pénombre le nuage d'or de ses cheveux et sa peau soyeuse à quelques centimètres de la sienne, chaque fibre de son être se tendait. Comme si elle l'appelait...

Chapitre sept

L'aube pointait à peine. La pâle lumière d'ambre n'avait pas encore pénétré la tente quand Ann s'éveilla. Elle resserra autour d'elle sa chemise kaki. Le slip de fine dentelle était frais contre sa peau. Tout ça ne valait quand même pas une bonne chemise de nuit... Un bruit de drap froissé rompit le silence. Jay était réveillé.

— Bien dormi ?

Sa voix était plus rauque le matin. Très séduisante.

— Comme une souche ! Je ne me suis pas même retournée une fois ! Rien de tel qu'une dure journée de travail pour vous assommer, fit-elle en riant.

— Mmm... Je connais des recettes plus agréables pour préparer à une bonne nuit !

Ann se raidit. Pourquoi fallait-il toujours qu'il la taquine ? Chaque fois qu'elle se sentait détendue, il l'obligeait à remonter sa garde, en lui rappelant qu'il était peut-être son guide mais aussi et surtout un homme...

Elle repoussa les couvertures. Autant s'habiller et se mettre au travail.

Elle attrapa son sac, tira sur un bout de vêtement qui dépassait... et poussa un cri !

— Mais... Qu'est-ce que c'est ? Mon pantalon ! Et ma chemise aussi !

Du pantalon, il ne restait qu'un short à peine décent. Quant à la chemise, elle s'était transformée en débardeur sans manches... Jay l'observait sans mot dire, un léger sourire aux lèvres. Les yeux de la jeune femme lançaient des éclairs.

— Vous ! C'est vous qui avez fait ça !

Jay prit l'air innocent.

— Moi ? Comment pouvez-vous m'accuser d'une chose pareille ?

— Ecoutez, Jay, dans cette forêt nous ne sommes que deux. Vous et moi. Comme je m'amuse rarement à jouer des ciseaux au milieu de la nuit, il ne reste que...

— Les *ménéhunes*. Ce doit être un coup des *ménéhunes*.

— Les *méné*... Qu'est-ce que c'est que cette invention ?

— Ce sont les petits nains de la forêt. Les gens d'ici disent qu'ils sont très forts mais très gentils. Ils sortent la nuit pour accomplir leurs travaux et, à l'aube, ils s'évanouissent dans le brouillard. Nous nous trouvons devant un cas typique d'intervention des *ménéhunes*. Vous avez de la chance... Ils ne travaillent que pour ceux qu'ils aiment bien !

— En somme, je suis favorisée des dieux parce qu'ils prennent la peine de mettre mes vêtements en loques !

D'un geste faussement machinal, elle avait rassemblé ses affaires en boule et Jay reçut le tas en pleine figure avant même d'avoir pu dire ouf ! La riposte fut immédiate mais elle eut le temps de parer le coup. Elle reformait déjà la boule quand Jay bondit. Il la saisit à bras-le-corps et la plaqua sur le lit, l'immobilisant sous son poids. Elle parvint à libérer une de ses mains, s'accrocha à sa barbe et tira de toutes ses forces ! Jay lui bloqua les poignets. Cette fois-ci, rien à faire, elle était coincée... Il éclata de rire. Elle se débattait comme un beau diable mais il la tenait !

— Les petits nains ! suffoquait Ann, hors d'haleine. Ha ! Laissez-moi rire ! Quand ils font plus d'un mètre quatre-vingts !

— D'accord... je rends les armes : le coupable, c'est moi. Mais, si je ne l'avais pas fait, soyez sûre que les *ménéhunes* s'en seraient chargés !

— Vous n'aviez pas le droit !

— Je l'ai pris, à vous voir étouffer sous cet accoutrement. Quand les vêtements étaient gonflés d'humidité, c'était un vrai supplice que vous enduriez. Mais mademoiselle Comme-il-faut ne fait jamais d'erreur ! Mademoiselle Je-sais-mieux-que-tout-le-monde ne reconnaît jamais ses torts !

— Jay Mac Farland, j'ai bien envie de...

— De me remercier ? Il n'y a pas de quoi, professeur Lowry. C'était tout naturel...

Comment un homme de son âge pouvait-il faire des plaisanteries aussi stupides ?

— Lâchez-moi, Jay.

— Pas encore.

— Libérez au moins mes mains !

— Pour m'attirer une gifle ? Pas si bête.

Il sourit, le visage à quelques centimètres du sien. A part son bermuda de coton, il était nu. Et il pesait de tout son poids sur elle, poitrine contre poitrine, hanches contre hanches... Ça avait commencé comme une bagarre idiote et Ann était encore furieuse mais, insensiblement, elle percevait un relâchement dans l'étreinte qui la clouait au matelas. Le regard de Jay s'adoucissait, ses mains se faisaient plus légères sur ses poignets. Ann sentait son corps réagir involontairement, se tendre contre le sien... Il se pencha encore et murmura tout contre ses lèvres :

— Mais je vous en prie.

— Pourquoi dites-vous ça ? Je ne vous ai pas remercié.

Elle ne reconnut pas sa voix : un murmure étranglé...

— Non, vous ne m'avez pas remercié. Mais ça ne va pas tarder...

Sa bouche descendit sur la sienne, persuasive, langoureuse.

— Jay, s'il vous plaît !

— Annie...

Il voyait ses yeux d'ambre se dilater. Le soleil levant déversait une coulée de miel sur le lit, dorant sa peau, pailletant ses boucles emmêlées.

— Oh ! Annie...

Son nom était comme une caresse. Il prit de nouveau ses lèvres, si tendrement qu'elle s'abandonna. Il la tenait comme une fragile poupée de porcelaine et son cœur lui disait qu'elle n'avait rien à redouter de lui. Tant de force maîtrisée par tant de retenue subjuguait la jeune femme. L'odeur légèrement musquée de sa peau, la toison bouclée de sa poitrine l'excitaient. Il roula sur le côté, l'entraînant avec lui, embrassant passionnément ses paupières, ses tempes, le bout de son nez. Ann se laissait aller, bercée par sa douceur.

Elle tressaillit quand sa main s'insinua sous sa chemise. Tendrement, il caressa son dos jusqu'à ce qu'il la sente se détendre, accepter... Du bout de la langue, il lui entrouvrit les lèvres. Ann se perdit dans son baiser, oubliant tout ce qui n'était pas ses mains sur elle et le plaisir qu'il lui donnait. Aiguillonnée par le désir, elle s'enhardissait, enlaçait son cou, fourrageait dans ses cheveux drus, l'attirait encore plus près... Jay releva la tête et, du doigt, elle dessina le contour de sa bouche. En réponse à cette audace inattendue il éclata de rire, la reprit dans ses bras et roula avec elle jusqu'au bout du matelas. Ann se retrouva sur lui, frémissant à la nouveauté de ce contact.

— *Bonnie* Annie... Embrassez-moi.

Elle obéit, inclina ses lèvres. Le souffle de Jay se fit plus rauque. Il la plaqua contre lui, laissant courir ses mains sur elle, cherchant ses seins sous l'épaisseur de la chemise.

C'était la première fois qu'un homme la touchait ainsi. Il lui faisait découvrir la plus douce des extases et Ann se sentait couler, noyée dans un océan de délices... Le rythme de leurs caresses changeait, libérant l'explosion qu'ils s'étaient si longtemps refusée. A la tendresse succédait un tourbillon de passion. Les mains traçaient des sillons brûlants sur la peau ; ils mordaient à pleines dents le plaisir qui s'offrait à eux. Le corps d'Ann était tendu à craquer, non plus d'appréhension mais de désir en réponse à celui de Jay.

Il la bascula sous lui, cherchant le tendre creux de sa gorge, provoquant un frisson voluptueux. Sa bouche glissa vers sa poitrine et il dégrafa la chemise, écartant le dernier obstacle qui le séparait de sa peau laiteuse. Ann perdait pied... Les lèvres de Jay trouvèrent la pointe rose de ses seins. Elle les sentit se durcir sous ses caresses et chavira. Il la menait au bord du délire. Très loin, tout au fond d'elle-même, naissaient d'étranges sensations...

— Jay...

Il releva la tête et Ann posa un doigt tremblant sur ses lèvres.

— Je vous en prie, laissez-moi parler... Je n'ai jamais... Vous comprenez ? Aidez-moi, Jay...

Il la lâcha et se rejeta sur le côté, lui laissant une impression de vide et d'abandon insupportable. Elle entendait sa respiration rauque, haletante.

Elle se redressa, passa une main fébrile dans ses cheveux, resserra sa chemise autour d'elle. Jay s'était levé lui aussi. Assis sur ses talons, tête baissée, il luttait pour retrouver son calme, pour maîtriser cette envie terrible qu'il avait de la reprendre dans ses bras.

Elle tendit une main hésitante vers lui.

— Non ! Ne me touchez pas, Ann. Pas maintenant.

Il avait parlé d'une voix sourde, cassée. A cet instant seulement elle comprit jusqu'où ils étaient allés.

— Je suis désolée, Jay. Ça n'aurait jamais dû arriver. Je ne pensais pas que ça irait si loin.

— Moi si. Et je le voulais.

Son regard sombre plongea dans les grands yeux effarés.

— Il y a un lac à côté. Je vais aller nager une bonne heure. J'ai besoin d'exercice, conclut-il avec un rire cassé.

Ann s'était pelotonnée au creux du matelas. Elle avait l'air si frêle, si vulnérable... Elle serrait toujours convulsivement le bord de sa chemise, ses boucles blondes retombaient en désordre sur son front. Même en plein désarroi son visage était charmant. Et ses lèvres pulpeuses, provocantes... Elle n'y pouvait rien. Troublante involontairement.

Il avait envie d'elle, il aurait voulu la prendre, tout de suite. Si seulement il avait pu.

Il sortit en coup de vent, étouffant un juron.

La lumière déclinait. Ann referma son stylo ; il était temps d'arrêter. Elle avait bien rempli son contrat, consignant ses observations, prenant de nombreuses photos, étiquetant les espèces rares.

Une bonne odeur de cuisine envahissait la clairière. Jay la surprenait constamment par la variété de ses menus !

Depuis la scène de l'autre jour, ils se tenaient à distance respectueuse l'un de l'autre. A peine levée, Ann se jetait à corps perdu dans le travail. Cette énergie nerveuse qu'il lui fallait absolument dépenser profitait à ses recherches. Et, la nuit, elle écrivait jusqu'à l'épuisement. Tous deux vivaient sur les nerfs, toujours à deux doigts de craquer...

Ann rangea son carnet et revint près du campement. Jay l'accueillit d'un regard lourd. Comme chaque soir. Et, chaque soir, elle faisait semblant de ne rien voir. Il la fixait, elle détournait les yeux. Elle le battait froid, il partait pour d'interminables marches. Ce petit ballet tournait à la routine.

Elle se glissa sous la tente pour ôter ses chaussures, toujours aussi humides. Une brusque douleur la fit ciller. Avec précaution, elle retira ses chaussettes trempées : la plante de ses pieds était rouge et enflée. Libéré de la pression de la semelle, le sang s'était remis à circuler librement, provoquant des élancements si douloureux qu'elle devait serrer les dents pour ne pas crier.

Le problème était simple : ou elle en parlait à Jay, il la soignait et il lui en faisait voir de toutes les couleurs entre ses sermons et ses remontrances... ou elle supportait la douleur et elle évitait l'aveu de son erreur. Furieuse, elle envoya valser une chaussure à l'autre bout de la tente. Pourquoi fallait-il toujours qu'il ait raison !

— Le dîner est prêt !

Ann sortit, pieds nus, s'efforçant de marcher normalement.

— J'en ai pour une minute, fit-elle d'un ton faussement décontracté. Je veux simplement me tremper dans le lac.

Curieux, ce n'était pas l'heure habituelle de son bain... Jay haussa les épaules et retourna à ses casseroles.

Les eaux cristallines du lac étaient merveilleusement fraîches. La forêt regorgeait de ces bassins rocheux qui récupéraient les eaux s'écoulant des montagnes. Elle se déshabilla. Au début, le contact glacé sur ses pieds douloureux fut difficile à supporter mais le choc initial se transforma vite en soulagement. Quand elle sortit, elle était délicieusement rafraîchie.

Elle enfila son pantalon — ou plutôt ce qu'il en restait, une espèce de short coupé si haut sur les cuisses qu'il frisait l'indécence — et la chemise à présent sans manches. Malgré elle, elle sourit en regardant le travail de Jay. Décidément, cet homme était un bulldozer. Il fonçait sur l'obstacle et mieux valait ne pas se mettre en travers de son chemin ! Ses vêtements en témoignaient, il parvenait toujours à ses fins ! Mais ce qui irritait Ann, c'était son arrogance, cette certitude d'avoir toujours raison. D'autant qu'effectivement, pour ses habits comme pour le reste, il ne s'était pas trompé.

Quand elle revint à la clairière, Jay coupait du bois. Il s'était bien calé devant la bûche, jambes écartées, nu jusqu'à la ceinture, et la hache retombait régulièrement, au rythme des muscles qui jouaient dans son dos. Le mouvement était balancé, presque harmonieux, sans effort apparent. Il avait vraiment un corps d'athlète avec ses épaules larges, ses hanches minces et une peau cuivrée par toute une vie passée à l'extérieur.

— Mmm! Le dîner sent bon! J'ai faim...

Jay réalimenta le feu.

— Bonne nouvelle, je désespérais de vous voir manger, ces derniers jours.

Ils dégustèrent taro et poisson grillé en silence, profitant de la douceur du soir. Autour d'eux, tournoyait un incessant ballet d'oiseaux bariolés voletant d'un arbre à l'autre. Ann avait l'impression de regarder un kaléidoscope.

Depuis quelques minutes, Jay observait la jeune femme. Malgré son calme, il sentait que quelque chose n'allait pas. Ce bain inattendu, cet appétit soudain, presque appliqué... A force de vivre à ses côtés, il était devenu sensible aux moindres nuances de ses humeurs. Et son attitude exagérément naturelle l'intriguait. Il faudrait élucider cela.

Il recouvrit le feu de cendres pendant qu'Ann rentrait se déshabiller. Quand il la rejoignit sous la tente, elle était déjà plongée dans sa rédaction quotidienne. Jay ne pouvait qu'admirer sa discipline. Elle allait toujours au bout de ce qu'elle s'était fixé.

— Vous voulez la lampe? fit-elle au bout d'un moment.

— Ne vous dérangez pas, je la prendrai quand vous serez couchée.

Elle referma son carnet. Au moment de se lever pour aller jusqu'au lit, la douleur revint, plus cuisante encore qu'en fin d'après-midi. Un bref instant, son visage se crispa. Elle se reprit aussitôt et s'obligea à marcher lentement, se mordant les lèvres jusqu'au sang pour ne pas crier. Les deux mètres qui la séparaient de l'oreiller semblaient infranchissables. Enfin elle arriva au but et s'allongea, serrant les dents. Là... Voilà. Demain, ça irait mieux.

— Ann ?

— Oui.

— Quelque chose ne va pas ?

— Je suis très fatiguée, c'est tout. Bonsoir.

Elle se retourna et ferma les yeux. Immédiatement Jay fut à ses côtés. Il se planta devant elle, poings sur les hanches.

— Montrez-moi vos pieds.

— Ne soyez pas ridicule !

Elle s'enfonça sous les draps, ne laissant dépasser que le bout du nez. Jay s'agenouilla et, d'un coup sec, arracha les couvertures. Ann appréhendait tellement sa réaction qu'elle en oublia de protester.

— Sacré nom d'un...

Il examinait les dégâts et se souciait de sa tenue légère comme d'une guigne.

— Comment ai-je pu me montrer aussi négligent !

— Le Pr Smythe-Fielding...

— Parlons-en, du cher Pr Smythe-Fielding ! Depuis combien d'années n'a-t-il plus mis les pieds en forêt ? Quarante, au bas mot ! Entre-temps, il s'est passé deux ou trois choses du côté des progrès techniques dont il n'a apparemment aucune idée ! Alors, expert ou pas, je ne veux plus entendre son nom, compris ?

106

Ann jugea plus prudent de se taire. Jay semblait vraiment furieux contre lui-même.

— Jay...

— Quoi encore ?

— Ce n'est pas de votre faute, vous m'aviez prévenue... La douleur n'est pas insupportable. Je suis sûre que demain...

— Demain nous serons partis.

— Comment ?

Ann avait blêmi.

— J'ai encore des tas de choses à faire ! Il n'est pas question que...

— J'ai dit que nous partions et nous partirons. A l'aube. Nous étions bien d'accord, Ann : c'est moi qui dirige l'expédition. Et je décide que votre état est critique.

Il prit un tube de pommade dans sa pharmacie et en appliqua une bonne couche sur chaque pied, qu'il entoura soigneusement de gaze stérile. Il procédait par gestes précis mais très doux, presque tendres. Sans un mot, il ramena la couverture sur la jeune femme, rangea la pommade et éteignit.

Ann le regardait faire, accablée. Fichu... Tout son travail était fichu si elle abandonnait maintenant. Toutes ces années d'études irrémédiablement gâchées !

— Jay... Je vous en prie... Je ne peux pas arrêter mes recherches. Ne comprenez-vous pas tout ce qu'elles représentent pour moi ?

— Ce qu'il faudrait que vous compreniez, vous, c'est la somme d'ennuis que vous allez vous attirer si on ne soigne pas ça immédiatement !

Il lui sembla très las tout d'un coup.

— Je ne veux pas vous voir souffrir, Ann. Je ne reviendrai pas sur ma décision.

— Je souffrirai bien plus si je ne peux pas terminer mes travaux ! Pareille occasion ne se représentera jamais pour moi. Je vous en prie, Jay, je vous en supplie... Ne m'obligez pas à partir.

Il ralluma brusquement et la regarda droit dans les yeux. Elle était blanche, désespérée, au bord du gouffre, mais elle ne pleurait pas.

— Je me suis montrée trop orgueilleuse. Vous aviez raison pour tout, la tente, les vêtements, les chaussures... Je me suis entêtée bêtement. Tout est de ma faute. Mais s'il vous plaît, Jay, laissez-moi continuer...

Elle l'implorait presque, d'une voix humble, angoissée. Il resta un long moment sans rien dire, à contempler ce petit bout de femme recroquevillée sur elle-même, qui le dévisageait d'un œil apeuré... et incroyablement sec.

— Bon sang ! Mais vous ne pleurez donc jamais ?

— Non... Mon oncle ne l'aurait pas permis. Il disait que ça ne résout aucun problème. Il avait raison. Il me menaçait de me renvoyer si je pleurais.

Jay serra les poings. Quel cœur de pierre était donc cet homme pour ne pas avoir compris tout le mal qu'il faisait à une enfant ?

Ann baissait la tête. Jay repoussa tendrement ses cheveux, prit son visage entre ses mains. Il aurait voulu la bercer comme une toute petite fille. Comme l'enfant qu'on ne lui avait jamais permis d'être.

— Il faut dormir maintenant, Ann, fit-il doucement. J'ai pris ma décision. Inutile de discuter.

Il éteignit et la sentit se glisser sous les couvertures. Il tendit l'oreille... Non, c'était la pluie. Le ciel seul pleurait, noyant la forêt sous un fin brouillard de larmes. La femme allongée près de lui gardait sa peine secrète.

Presque involontairement, il caressa sa joue. Elle sursauta, comme si une bête l'avait piquée.

— Ann, écoutez-moi. Votre oncle avait tort. On a parfaitement le droit de pleurer. Ça fait du bien de s'épancher de temps en temps. Souvent, ça aide.

Il se rapprocha, passa un bras autour de ses épaules. Il la sentait trembler comme une feuille mais elle se laissa faire quand il l'attira contre lui.

— Annie... Petite Annie. Pour rien au monde je ne voudrais vous blesser, croyez-moi.

— Oh! Jay... vous ne comprenez pas. Pour moi, il n'y a rien de plus important que ces recherches. C'est en me forçant à les interrompre que vous me faites mal!

Sa voix se brisa. Pour une fois, l'angoisse était la plus forte.

— Annie... je ne veux pas vous voir malheureuse... Disons que j'attendrai demain pour me prononcer. Mais si je vous force à partir, ce ne sera sûrement pas parce que vous aurez pleuré.

A ces mots, elle eut un curieux frisson et soudain une larme perla... Elle éclata en sanglots, pleurant comme jamais de sa vie elle ne l'avait osé, libérant toutes les peurs qu'elle refoulait depuis l'enfance. Jay la tenait dans ses bras. Il n'y mettait aucune passion, il ne se le serait pas permis. A cet instant, Ann avait besoin d'une épaule amie, d'un amour différent, comme celui d'un grand frère. Et, pour son bien-être, il repoussait le désir qu'elle lui inspirait afin de n'être que refuge. Il voulait qu'elle ait confiance en lui.

L'heure n'était plus aux taquineries ni aux critiques. Elle devait se sentir comprise, aidée, pour s'autoriser à être enfin elle-même : une femme merveilleuse qui émergeait lentement du cocon aride qu'elle s'était tissé. Et pour qui Jay ressentait un violent amour. Celui d'un homme pour une femme.

Chapitre huit

Les rayons opales du matin perçaient la cathé-
drale de feuillage, allumant un à un tous les sanc-
tuaires de la forêt... Une pluie d'or rose inonda la
tente, crépita sur le visage endormi d'Ann.

Encore dans un demi-sommeil, elle chercha à se
retourner. Quelque chose la bloquait... Elle s'éveilla
en un battement de cils ; Jay avait son bras sur elle.
Et il dormait profondément...

Tout doucement, elle reposa la tête sur l'oreiller.
Brutalement, le souvenir de la veille l'assaillit. Mon
Dieu... Ces pleurs sans fin ! Comment avait-elle pu
se laisser aller ainsi devant lui ? Morte de honte, elle
ferma les yeux.

Qu'allait-il penser d'elle ? En une seule soirée, elle
avait détruit l'image travaillée qu'elle donnait
d'elle. Au lieu de la scientifique adulte et raisonna-
ble, il ne verrait qu'une enfant pleurnicheuse !
Pleurnicheuse... C'est ainsi que l'appelait son oncle,
qui n'avait pas supporté son intarissable chagrin
après la mort de ses parents. Cette petite fille en
larmes le désemparait. Alors, il lui avait sèchement
ordonné d'arrêter, sinon il se séparerait d'elle. Elle
avait ravalé ses sanglots et, jusqu'à cette folie de
la veille, elle n'avait plus jamais pleuré...

A côté d'elle le grand corps avait bougé. Une barbe vint lui caresser la joue et, en dépit de tout, elle se surprit à sourire.

— Bonjour...

Il la regarda tendrement, s'assurant qu'à présent tout allait bien.

— Bonjour, Jay. Je suis désolée... pour hier.

— Pas moi.

Il s'aperçut qu'il la gênait et retira son bras.

— Comment vous sentez-vous, Ann ?

— Très bien ! En pleine forme.

Il se redressa et s'étira longuement.

— Nous allons voir ça. Montrez-moi vos pieds.

— Ecoutez-moi d'abord, Jay ! Je n'ai plus mal. Je vous jure que je ne me suis jamais mieux portée. Je peux continuer mes recherches sans aucun dommage. Je ne m'évanouirai pas au milieu d'une marche. Je n'aurai pas de fièvre. Je ne vous causerai aucun ennui. J'ai peut-être l'air fragile mais je suis très résistante, vous savez ! D'ailleurs, j'ai passé toute une série d'examens médicaux avant de partir et les docteurs m'ont trouvée très apte à...

Jay mit le holà en lui fermant la bouche.

— Si je vous laisse continuer comme ça, fit-il en riant de son air offusqué, vous allez bientôt me proposer d'examiner vos dents pour vérifier que la bête est solide ! Je suis sûr que vous n'êtes ni phtisique, ni arriérée, ni héréditairement dépravée, Ann. Mais, pour l'instant, la seule chose qui m'intéresse, c'est de voir vos pieds.

— Je dois continuer ces travaux !

— Je suis seul juge de la question.

Il rejeta les couvertures, déroula la gaze qui entourait ses pieds. Ann sentit sa gorge se nouer...

— Alors ?

— Il y a un léger mieux. Très léger.

— Ça veut dire que je peux rester ?

Elle attendit le verdict, suspendue à ses lèvres et ouvrant des yeux si grands qu'il ne put s'empêcher de sourire.

— La plante de vos pieds est encore enflammée mais, sauf erreur de ma part, il suffira d'un peu de repos pour que tout rentre dans l'ordre. Je vous propose un marché...

Il appliqua une nouvelle couche de pommade et, tout en la soignant, il exposa son idée :

— Nous sommes en ce moment au nord de la forêt. A quelques miles d'ici, le climat est très différent, sec et chaud, un peu comme en Californie du Sud. Il n'y pleut pratiquement pas. Au lieu d'annuler l'expédition, on pourrait passer quelques jours là-bas, histoire de nous sécher un peu et de laisser reposer ces pieds. Si je constate une amélioration, nous reviendrons et vous pourrez reprendre vos travaux.

Ann était si soulagée qu'elle l'aurait embrassé !

— Oh ! Jay ! On peut vraiment essayer ?

— A condition que vous promettiez de ne pas faire un pas ! Je vous porterai là-bas et je reviendrai prendre nos affaires ensuite.

— Vous voulez me porter ? Mais il n'en est pas question, Jay ! Je peux quand même marcher quelques kilomètres !

Elle avait l'air complètement horrifié à cette idée ! Jay la toisa de toute sa hauteur.

— Vous n'avez pas voix au chapitre. Le responsable, ici, c'est moi. Maintenant, si vous préférez, je peux vous porter jusqu'à la Jeep...

Elle haussa les épaules et lui tourna le dos. Il resta un moment à la regarder, petite boule têtue roulée sous les couvertures. Il avait tout de même eu le dernier mot ! Il sortit préparer le petit déjeuner en sifflotant gaiement. Ann boudait toujours... Malgré tout, elle avait gagné sur l'essentiel ! Si les soins de Jay la guérissaient, ses recherches étaient sauvées ! Mais surtout — il fallait bien qu'elle se l'avoue, même si son cœur battait plus vite — surtout, elle pourrait passer quelques semaines de plus avec Jay !

Ann s'étira sur le sable et soupira d'aise. Le voyage s'était bien passé, mieux qu'elle ne l'avait espéré. Dans les bras de Jay, tout paraissait soudain facile... Il l'avait soulevée comme une plume. Serrée contre lui, elle se sentait étrangement bien. Presque enivrée d'être si proche, elle avait glissé ses doigts dans les boucles cuivrées et posé la tête sur son épaule. Il allait d'un bon pas, s'arrêtant fréquemment pour lui permettre de se reposer.

En sortant de la forêt, ils avaient aperçu la côte et sa longue plage de sable blanc. Jay avait installé son précieux fardeau à l'ombre d'un rocher puis il était reparti chercher le matériel.

Le paysage impressionnait un peu Ann par son aspect sauvage, presque primitif. Au loin, de hautes falaises plongeaient dans les eaux bleues. De l'autre côté, elle apercevait la ligne de brume qui marquait l'entrée de la forêt. Entre les deux, tout était désert : roc, sable et soleil. Pas de végétation, aucune trace de civilisation. Les natifs préféraient l'autre partie de l'île pour son climat plus hospitalier.

L'île des Mac Farland était vraiment une terre de contrastes. Ann commençait à comprendre la fascination qu'elle exerçait. Ce devait être merveilleux de vivre ici, loin des bruits de la ville...

114

Aux premières heures de l'après-midi, Jay avait installé leur nouveau campement et changé les pansements d'Ann. Il la laissa pour aller pêcher mais, à son retour, il ne rapportait pas que des poissons... Il déposa sur les genoux d'Ann un carré de soie aux couleurs éclatantes.

— Où avez-vous trouvé ça ?

— Sur un palmier ! C'est tout ce qui reste d'un campement. Quelqu'un a dû le mettre à sécher et l'a oublié en partant.

— Et... que suis-je censée en faire ?

— Le porter ! fit Jay avec un sourire espiègle.

— Porter ça ?

Elle déploya l'étoffe. Ce petit métrage n'allait pas couvrir grand-chose !

— Mais oui ! Vous le drapez sur vous comme un sarong... Voulez-vous me laisser faire ?

Il avait déjà une main sur le tissu et l'autre sur sa chemise ! Elle lui arracha vivement le carré de soie.

— Je peux me débrouiller toute seule ! Merci quand même.

— Bon, bon... C'était pour vous rendre service... Nous sommes bloqués ici pour au moins deux jours, autant vous mettre à l'aise, non ?

Comme d'habitude, il avait raison ! Mais porter le sarong, elle qui ne connaissait que le tailleur ! Elle allait avoir l'air ridicule... Pendant que Jay préparait le dîner, elle fit un essai. La soie lui semblait si douce, après ces deux semaines de vêtements militaires, que c'en était presque un péché ! Elle noua l'étoffe au-dessus de ses seins. Il y en avait juste assez pour la couvrir jusqu'aux hanches.

Sans qu'elle s'en rende compte, le gracieux drapé modifiait son attitude. Son pas décidé s'était ralenti du fait des gazes qui entouraient ses pieds, et

115

maintenant son corps, libre de tout vêtement, ondulait souplement sous le carré soyeux.

En la voyant arriver, Jay retint son souffle. Elle n'avait pas conscience de sa séduisante transformation! Sa candeur impénitente ajoutait encore à son charme.

— Mmm! Ça sent bon... Je ne vous aurais jamais cru si bon cuisinier, Jay!

— C'est que j'ai un solide appétit! J'aime la bonne cuisine, le bon vin... et les femmes.

Ann décida de faire la sourde oreille.

— Je peux vous aider?

— A préparer le dîner ou à satisfaire un autre de mes appétits?

— Ne recommencez pas, Jay!

Elle était rouge comme une pivoine.

— J'adorerais recommencer, au contraire! Mais puisque ça ne vous dit rien... tant pis. A table!

Ann mangea de bon cœur, étonnée de le voir abandonner si vite. D'habitude, il la taquinait jusqu'à l'extrême limite de sa patience!

— Quel paradis, Jay... Ce doit être merveilleux de grandir ici!

Elle s'assit à ses côtés, appuyée à un roc tout chaud de soleil.

— Oui... J'ai eu une jeunesse libre et insouciante. Ce qui m'a rendu beaucoup plus difficile le moment du départ...

— Comment cela? Vous n'avez pas passé toute votre adolescence sur les îles?

— Non. Mon père craignait qu'à long terme cette vie libre de toute contrainte ne me porte tort. Bien sûr, je fréquentais les savants qui venaient le voir et je puisais largement dans notre grande bibliothèque mais il me fallait une certaine discipline pour

116

organiser mes connaissances et pouvoir pleinement en profiter. Quand j'ai eu treize ans, il a estimé qu'il était temps pour moi de partir et de découvrir ce qu'il appelait mon autre héritage, la terre d'Ecosse, celle de mes ancêtres.

Elle comprenait maintenant où il avait attrapé cet accent qui ressortait de temps à autre dans sa voix !

— J'ai donc fait mes valises, pour devenir pensionnaire d'une respectable institution. Les premiers mois loin d'ici furent très durs. Quand je me rappelle ce premier hiver...

Son visage s'était crispé. Il appuya sa nuque contre le roc et continua :

— Je ne savais pas qu'un ciel pouvait être aussi gris. J'ai cru ne jamais revoir le soleil... Imaginez cette lande nue et déserte, balayée par les vents...

Ann avait l'air si désolé qu'il ajouta en souriant :

— J'ai quand même réussi à survivre ! Et, Dieu merci, je pouvais revenir ici pour les vacances.

— Vous êtes resté en Ecosse jusqu'à la fin de vos études ?

— Non. Quand je me suis intéressé à la médecine vétérinaire, j'ai choisi les Etats-Unis. L'université du Michigan est très réputée dans ce domaine. C'est là-bas que j'ai pu étudier les grands troupeaux de bétail... et que j'ai découvert les tempêtes de neige ! J'y ai même appris à skier !

— Je me demandais pourquoi vous n'étiez pas devenu chercheur, comme votre père.

— Quand mon père voyait un oiseau malade, ce qui lui importait, c'était de connaître la cause de cette maladie. Moi, j'avais uniquement envie de soigner l'oiseau. Les scientifiques observent la nature mais ils n'interviennent jamais pour modifier son cours. Ce n'est pas leur rôle. Je les comprends mais il m'est impossible de rester neutre, à attendre que la nature décide si l'animal doit vivre ou mourir.

— Je suis tellement d'accord avec vous ! Ce que vous faites est... admirable, Jay.

Ce plaidoyer passionné avait bouleversé la jeune femme.

Jay se leva pour débarrasser les restes du dîner et Ann voulut l'aider :

— Asseyez-vous ! Vous m'avez promis de marcher le moins possible.

— Je me sens coupable de rester les bras croisés !

— Pour une fois que vous êtes au repos forcé, profitez-en un peu ! Dès que vos pieds seront guéris, vous repartirez pour deux semaines de travail. Deux semaines ? Que dis-je... toute une vie de travail ! Alors, en attendant, détendez-vous.

Le globe orangé du soleil plongeait dans l'océan. Ils restèrent un moment sur la plage, admirant la palette carminée du couchant. De temps en temps, une mouette rasait les eaux et jetait son cri solitaire qui ricochait sur les falaises de ce paradis désert. Mais Ann n'était pas triste ; pour la première fois, elle se sentait bien en compagnie de Jay. Il lui avait parlé de son enfance. Et elle se plaisait à évoquer le petit garçon insouciant, qui courait en liberté sur les plages de l'île. Leur jeunesse avait été bien différente mais tous deux avaient connu la solitude, sans autre ressource que leur propre force morale.

Deux bras puissants interrompirent sa rêverie. Jay l'avait soulevée et la portait jusqu'à la tente. Elle se blottit contre lui. C'était si bon... Si elle continuait sur cette mauvaise pente, elle finirait par s'habituer à ses attentions ! Jay Mac Farland, indispensable... Quelle ironie ! Dire qu'au début elle ne le croyait même pas assez compétent pour la guider ! Et maintenant, elle lui accordait une confiance totale, qui lui semblait la plus naturelle du monde...

Il la déposa doucement sur les couvertures et changea ses pansements.

— L'amélioration se poursuit ! Encore un jour ou deux et vous pourrez reprendre vos recherches, petite Annie...

Avant d'éteindre, il lui caressa la joue. Ann frissonna. Elle lisait une telle intensité dans ses yeux bleus... Même dans l'obscurité, elle les voyait encore briller. Il s'écarta pour se déshabiller, silhouette noire découpée en ombre chinoise sur la nuit claire. Le matelas s'affaissa un peu. Il était près d'elle. Si près qu'Ann sentait son pouls s'affoler. Cette intimité qu'elle redoutait tant les premiers jours lui était devenue un plaisir.

— Ann.

Elle tourna la tête vers lui.

— A part l'exemple de vos parents, qu'est-ce qui vous a poussée vers les études scientifiques ?

— Sans doute mon naturel curieux ! J'étais avide de tout comprendre et mon oncle n'avait jamais le temps de rien m'expliquer. De surcroît, il ne considérait pas la lecture comme une distraction et ne m'autorisait donc que les livres sérieux ! Mais j'ai vite découvert qu'on pouvait y trouver les réponses aux questions essentielles !

— Et c'est ce qui vous a conduite à la science ?

— Oui. C'était une façon d'explorer le monde. Je crois que j'ai toujours été une scientifique, avant même d'être un individu à part entière...

— Et, pour satisfaire votre soif de connaissances, vous avez travaillé de plus en plus dur... Petit à petit, la science a empli toute votre vie. Il ne vous restait plus de temps à vous. S'occuper de soi peut être un plaisir, vous savez.

Ann eut un sourire amer.

— Je n'avais pas de temps pour le plaisir.

— Il n'y a jamais eu aucun homme dans votre vie, Ann ?

Curieusement, elle avait prévu là question. Mais ce n'en était pas moins blessant.

— Parce que je me consacre à la science, vous ne voyez en moi qu'un bourreau de travail asexué !

— Certainement pas, petite Annie.

Sa voix se fit plus grave.

— Malheureusement, c'est exactement l'image que vous avez de vous. Sans doute le reflet de l'opinion de votre oncle... Mais maintenant c'est à vous d'assumer votre sexualité, sans vous référer à personne. Femme et scientifique, ce n'est pas incompatible.

Il la sentit tressaillir. Il avait dû la choquer. Il détestait devoir parler aussi brutalement mais il fallait aller jusqu'au bout. Pour son bien.

— Ann, avez-vous jamais exprimé ce que vous ressentiez, sincèrement, sans tricher ?

— Oh ! Jay... Ne pouvez-vous pas me laisser tranquille ?

Que savait-il d'elle ? Que savait-il de la peur qui vous ronge quand on se sent trop ordinaire pour intéresser qui que ce soit ? Il n'avait jamais eu de mal à communiquer avec les autres, lui ! Il était trop bien dans sa peau pour connaître ce genre de problèmes !

— Répondez-moi, Ann. Fâchez-vous. Criez. Hurlez. Jurez, même, si cela vous soulage, petite missionnaire ! Mais, pour une fois, offrez-vous le luxe de la sincérité. Ça fait du bien, je vous assure. Défoulez-vous !

Un silence tendu lui répondit.

— Allez, Ann... Ouvrez-vous un peu.

— D'accord ! Voilà ce que pense honnêtement une femme qui aimerait bien dormir...

Jay sourit : elle avait accentué le mot « femme »...

— ... Pourquoi ne rasez-vous pas cette barbe ridicule ?

— Vous n'aimez pas ma barbe ?

— Avec ces poils sur la figure, vous ressemblez à un ours mal léché !

— Vous n'aimez pas ma barbe !

La voix de Jay avait monté d'un ton. Ann se mordit la langue. Pour un premier essai de franchise, elle y était peut-être allée un peu fort...

— A vrai dire, je... je ne sais pas. Je n'ai aucun point de comparaison. J'aimerais voir votre visage, la forme de votre mâchoire. Je... je voudrais savoir si vous êtes beau garçon !

Un hurlement de rire accueillit cette déclaration.

— Croyez-moi sur parole, beaucoup de femmes en sont persuadées !

— Oh ! Vous êtes insupportable ! Votre père vous disait peu modeste mais le mot juste serait franchement vaniteux !

— Alors, vraiment, vous n'aimez pas ma barbe ?

Il se caressait le menton d'un air absent.

— Je croyais qu'elle donnait du caractère à mon visage...

— On ne pourrait pas changer de conversation ?

Elle sentit qu'il se redressait sur l'oreiller.

— Nous pourrions faire une expérience. Scientifique.

Voilà un terrain qui lui convenait beaucoup mieux ! Ravie de la diversion, elle s'empressa :

— Une expérience ? Bonne idée... Laquelle ?

Trop tard elle décela l'ironie de sa voix.

— Eh bien ! nous pourrions faire l'amour ce soir et vous verriez ce que ça donne avec barbe. Demain, je la raserais et nous recommencerions sans. Vous disposeriez ainsi d'informations objectives pour décider quel type d'homme est le plus viril, l'imberbe ou le barbu.

Ann haussa les épaules et lui tourna le dos.

— J'aurais dû me douter que vous alliez dire une bêtise.

Il saisit son bras.

— Admettez au moins que ça vous a fait du bien de parler franchement.

— Bonne nuit, Jay.

Elle se glissa sous les couvertures et, à l'abri de son regard, elle s'autorisa un grand sourire... Oui, elle devait l'avouer, ce moment de défoulement lui avait été très agréable ! Finalement, elle adorait se disputer avec Jay ! Depuis quelque temps, ses taquineries l'amusaient plus qu'elles ne l'agaçaient. Et elle apprenait à y répondre ! Mais au jeu de la sincérité, tout le monde devait participer. A lui, maintenant...

— Jay ?

— Oui.

— Pourquoi ne vous êtes-vous jamais marié ?

Silence de mort... Ann faillit regretter sa question. Mais après tout, c'était lui qui avait commencé à parler sexualité !

— Vous venez de me faire tout un sermon. A chacun son tour de s'exprimer franchement. Vous semblez être un homme qui... aime la vie. Alors pourquoi ?

Le ton de Jay lui parut lourd de menaces.

— Question sincérité, Ann, on a fait le plein pour la soirée ! Attention à ne pas aller trop loin.

— Pas de faux-fuyant. Répondez.

Il l'attrapa par le bras et la releva de force :

— Ça suffit !

Elle sentait son souffle brûlant contre sa joue.

— Je vois. Pour donner les leçons, vous êtes très fort mais quand il s'agit de les mettre vous-même en application...

Jay soupira.

— Disons que je ne veux pas me laisser coincer par un mariage. Les épouses s'avèrent souvent très exigeantes.

S'il croyait s'en tirer par des généralités !

— Explication insuffisante.

— Disons... que je veux pouvoir jouer les sauvages encore quelque temps. Les femmes ne manquent pas sur l'île ! J'ai besoin de rouler ma bosse encore un peu !

Il essaya un petit rire. Ann ne lui fit même pas l'honneur d'une réponse.

— Oh ! ça va ! Je me rends... Vous avez vu où j'habite ? Il n'y a pas beaucoup de femmes qui accepteraient d'abandonner la civilisation pour s'enterrer au beau milieu du Pacifique.

L'aveu avait dû lui coûter. Ann répondit très doucement :

— On doit pouvoir en trouver, Jay. Qui supporteraient l'isolement et qui y trouveraient même des avantages. Il suffit de regarder autour de vous.

Jay l'attira près de lui. Elle réalisa que ses paroles pouvaient prêter à confusion... Mais elle ne voulait pas que tout recommence ! Leur moment de folie l'avait marquée comme au fer rouge. Les réactions de son propre corps l'avaient terrifiée. Elle n'était pas encore prête à accepter ce côté passionné, si longtemps refoulé.

— Jay...

Une main douce vint se poser sur sa nuque.

— Chut... Assez parlé, Ann. Cette conversation me fatigue.

Il prit sa bouche, mordillant tendrement ses lèvres jusqu'à ce qu'elle les entrouvre. Son baiser se fit plus possessif, plus exigeant et il la renversa sur l'oreiller. Le carré de soie n'était qu'une piètre barrière entre leurs corps. Il devait la sentir brûlante et tendue contre lui.

— Jay !

Elle essaya de s'écarter un peu, de lui expliquer.

— Plus un mot, Ann. Laissez-vous aller.

Il revint à la charge et ses lèvres étaient si expertes qu'elle ne put résister. La chaleur des tropiques, la passion qu'elle sentait exploser en elle, tout se liguait pour affaiblir sa volonté. Une dangereuse léthargie paralysait sa raison... Jay embrasait son corps et, instinctivement, elle répondait à ses caresses. Elle ondulait entre ses bras, cherchant à satisfaire ce feu qui la dévorait. Et le désir ne faisait que croître...

Galvanisé par les réactions d'Ann, Jay laissa glisser ses mains sur les hanches de la jeune femme et la plaqua contre lui.

Immédiatement elle se raidit. Jay sentit son recul et se redressa :

— Je n'en peux plus, Ann ! Savez-vous quelle torture vous m'imposez ? Rester couché à vos côtés nuit après nuit, vous savoir si proche, avoir envie de vous à en perdre la raison et faire comme si de rien n'était !

— Je vous en prie, Jay... J'ai besoin de réfléchir.

Aucun mot n'aurait pu exprimer la peur qu'elle ressentait : peur de se tromper, de souffrir... Il lui fallait le temps de s'habituer, de comprendre ces sentiments inconnus qui l'assaillaient. Car jamais elle n'avait laissé aucun homme prendre ce pouvoir sur elle. Il l'ignorait mais il pouvait la détruire si l'amour n'était pas réciproque...

— Je ne sais plus où j'en suis, Jay.

Il la reprit dans ses bras, murmurant des mots doux, caressant gentiment ses cheveux. Ann restait figée. Malgré la tendresse de Jay, ce contact la brûlait, réveillant en elle tout ce qu'elle essayait de combattre.

— Ne me touchez pas...

— Ne luttez plus, Ann. Ne refusez plus.

Trop d'émotions se bousculaient en elle. Tout ce qu'il lui avait appris — pleurer, se livrer —, tout était trop nouveau, comme une déchirure à vif dans son ancienne carapace. Son cœur battait sourdement dans sa poitrine, près d'exploser.

— J'ai dit non, Jay.

Il se rejeta sur le lit, étouffant un juron. Au bout d'un moment, Ann le vit se lever.

— Où allez-vous ?

— Me promener.

Les mots avaient claqué, secs comme une gifle.

— Mais, Jay, il fait nuit noire ! On n'y voit pas à deux pas devant soi !

— Je suis un grand garçon, figurez-vous. Je peux sortir tout seul !

La passion s'était muée en fureur. Ann enfouit son visage dans l'oreiller, essayant de calmer les tremblements qui l'agitaient. Mais l'apaisement était impossible à trouver.

Chapitre neuf

Ann se réveilla en sursaut... Le lit était vide ! Jay...
Avait-il passé toute la nuit dehors ?

Elle se glissa à sa place. Sous la couverture, les
draps avaient conservé l'empreinte tiède de son
corps. Dieu merci, il était rentré... Sans doute bien
après qu'elle fut endormie.

D'un bond elle fut debout, si anxieuse de le
trouver qu'elle en oubliait la gaze qui enveloppait
ses pieds et le petit carré de soie qui révélait
audacieusement ses formes.

La luminosité la frappa au visage. Par contraste
avec l'intérieur de la tente, le faux jour était aveu-
glant. L'océan fondait au soleil comme une nappe
de métal... Elle protégea ses yeux et très loin, au
sommet d'une vague, elle aperçut Jay.

Soulagée, elle descendit au bord de l'eau. Le
picotement de l'écume sur ses pieds lui rappela le
bandage qu'elle portait. Elle recula un peu et se mit
à l'abri des vagues gigantesques qui déferlaient sur
la plage. A peine avait-elle regagné le sable sec
qu'une voix furieuse lui fit faire volte-face :

— Qu'est-ce que vous fabriquez ici ?

Jay... Son bermuda lui collait à la peau, moulant
étroitement ses hanches. Ses cheveux mouillés

accrochaient la lumière et sa poitrine ruisselait.

— Je vous cherchais, Jay! Malheureusement, j'ai trempé la gaze... Je l'avais oubliée.

— Venez. Je vais changer le pansement.

Il lui tendit les bras mais elle refusa son offre et marcha toute seule jusqu'à la tente.

Elle se laissa tomber sur le matelas et lui offrit son pied.

— Bien, fit-il après l'avoir examiné. Très encourageant. Ça m'a l'air en bon état. Si vous avez envie de nager, je pense que vous pouvez essayer. Mais n'abusez quand même pas de la marche... Si tout va bien, nous regagnerons la forêt demain.

— Merci.

Elle tentait d'imiter son attitude neutre. Pas la peine d'évoquer le fantôme de la veille... Il suffirait de peu pour mettre le feu aux poudres et la cohabitation s'avérait de plus en plus difficile.

Elle descendit se baigner. Jay resta sur le bord. Assis sur ses talons, il la suivait d'un regard dur.

Pendant une bonne heure, elle s'amusa dans l'eau, ravie de reprendre un peu d'exercice. Les vagues agissaient sur elle comme un massage, délassant ses muscles noués. Et cette détente physique lui était bien nécessaire.

Posté sur un rocher tout proche, Jay la vit sortir, sirène au corps sculpté par le sarong humide. Elle s'allongea et s'offrit à la caresse du soleil... Comme on était loin du professeur timide qui cachait sa féminité sous l'écran de la vocation! Inconsciente de sa grâce, elle s'étirait comme un chat. Et, pour une fois, elle oubliait un peu le sacro-saint travail, vivant au rythme des éléments, en plein accord avec la nature. Mais pas encore avec elle-même... Jay savait les conflits internes qui l'agitaient. Il faudrait du temps avant qu'elle n'accepte la femme qu'elle était devenue. La déchirure entre passé et présent s'accentuait, la rendant chaque jour plus vulnérable. Bientôt, les désirs, les besoins de toute femme s'imposeraient à elle avec violence. Peut-être lui faudrait-il faire un choix, apprendre à se partager... Sa décision n'irait pas sans douleur.

Un pli soucieux barrait le front de Jay. Deux ou trois kilomètres de jogging lui feraient du bien. Il descendit de son observatoire et se mit à courir le long de la grève.

— Pour une fois, c'est moi qui ai préparé le dîner ! Surpris ?

Jay lança un regard circonspect au poisson qui grésillait sur le feu. Ce n'était pas son seul motif d'étonnement. Ann avait coquettement fixé un hibiscus derrière son oreille. Et quelque chose dans son sourire avait changé...

— Inquiet ! Où avez-vous pris ce poisson ?

— Au même endroit que vous, figurez-vous ! Dans l'océan.

— Je voulais dire : comment l'avez-vous attrapé ?

— Avec le filet. C'est vous qui m'avez appris !

Elle riait, radieuse, un brin provocante dans son petit sarong de soie.

— C'est juste... Je vais prendre un bain pour me rafraîchir.

— Je vous rejoins !

Il l'arrêta d'un regard tranquille.

— Je n'en ai que pour une minute. C'est simplement pour me laver les cheveux.

Il s'éloigna rapidement. Ann se mordit les lèvres.

Au retour, Jay se montra d'un calme inhabituel.

Elle essayait bien d'engager la conversation mais toutes ses tentatives se soldaient par un échec. Ils dînèrent en silence et, quand ils se furent retirés sous la tente, Jay se plongea dans un journal scientifique. De temps en temps Ann hasardait un bref coup d'œil... Impossible d'accrocher son regard ! Il le maintenait rivé aux feuillets comme si sa vie en dépendait ! Et, maintenant qu'elle n'avait plus besoin de pommade, elle ne voyait aucun prétexte valable pour le déranger... C'était exaspérant !

— Je crois que je vais dormir, Jay, fit-elle au bout d'un moment.

— Parfait. Bonsoir.

Il n'avait pas levé les yeux mais il aurait été bien incapable de répéter un seul des mots qu'il avait lus...

— Vous n'êtes pas fatigué ?

— Non.

Pendant près d'une heure, elle tourna et vira dans le lit, poussant des soupirs à fendre l'âme.

— J'ai du mal à m'endormir, Jay. Ça ne vous dérangerait pas d'éteindre ?

— Tout de suite.

Un petit déclic... Elle sourit dans l'obscurité. Bientôt il allait la rejoindre. Elle le vit se lever... et se diriger vers l'entrée de la tente !

— Vous ne vous couchez pas ?

— Non, je vais faire un tour.

Elle n'eut pas le temps de protester ; il était déjà sorti. Frustrée, elle envoya un bon coup de poing à son oreiller. Depuis le début, elle avait combattu l'attirance que Jay éprouvait pour elle. A présent qu'elle changeait, devenait curieuse des choses de l'amour, il ne voulait plus d'elle !

130

Le lendemain matin, ils repartaient pour la forêt et de nouveau la routine s'installa. Jay s'occupait du campement, Ann consacrait le plus clair de son temps aux recherches. Il conservait toujours une attitude très neutre et les quelques efforts de rapprochement qu'elle tentait étaient doucement repoussés. Blessée, désespérant de comprendre, elle se jeta à corps perdu dans le travail.

L'aube se levait sur sa dernière journée... Dernière chance de compléter sa mission, dernière occasion de respirer les parfums grisants qui saturaient l'air.

Ann s'agenouilla près d'un lac, préleva quelques échantillons du sol. L'an prochain, d'autres scientifiques la remplaceraient. Un étranger ferait le même voyage, découvrirait la forêt, nagerait dans cette eau pure... Cette idée la déprimait.

Elle referma son sac. Derrière elle, Jay levait le camp. Elle allait partir en tête et il la rejoindrait quand il aurait terminé.

Tout en marchant, elle inventoriait machinalement les espèces qu'elle croisait. Soudain elle se figea... Avait-elle bien vu ? Elle rebroussa chemin, cherchant la fleur dont l'image avait provoqué ce déclic en elle. Bien cachée dans les fougères se trouvait une variété d'orchidées dont elle n'avait jamais entendu parler...

Electrisée, elle s'accroupit pour examiner la pâle corolle... Le carnet de notes jaillit comme par magie dans sa main et elle se mit à relever fébrilement la taille, la forme, le dessin exact des pétales, avant de photographier l'orchidée sous tous les angles possibles.

Jay la trouva assise au milieu du chemin, consignant soigneusement la découverte dans son journal. Au bruit de ses pas, elle releva les yeux.

— Regardez ce que je viens de trouver !

Elle était transfigurée par l'excitation.

— Une orchidée... Elle a quelque chose de spécial ?

— Peut-être une variété inconnue ! Mais je n'en serai sûre qu'après vérification dans le catalogue des espèces... Oh ! Jay ! Est-ce que ça ne serait pas merveilleux que je découvre une nouvelle orchidée ?

— Si. J'espère pour vous que ça se confirmera. Vous allez lui donner un nom ?

Tout à ses notes, elle n'y avait même pas pensé !

— Mais oui... Je dois la baptiser ! Ce sera amusant, non ?

Jay s'agenouilla à côté d'elle.

— Pour quelqu'un qui n'avait jamais le temps de s'amuser, vous rattrapez bien le temps perdu...

Elle éclata de rire.

— Oui, vous avez raison ! Mais pourquoi faut-il que tout finisse demain ? Je pourrais continuer cette partie de plaisir jusqu'à la fin des temps !

Jay déposa son lourd paquetage et s'assit sur un tronc d'arbre, observant les traits animés de la jeune femme, le nuage de cheveux frisés qui égayait son visage, l'orchidée carmin piquée entre deux boucles. Il sortit un cigare. La sévère scientifique aux allures guindées avait bel et bien disparu.

Ann lui tournait le dos, absorbée dans une nouvelle série de clichés. Elle travaillait par gestes précis, efficaces.

— Vos recherches sur le terrain sont complétées par des études en laboratoire ?

— Oui, fit-elle sans s'interrompre. J'utilise le labo de l'université, un des mieux équipés du pays.

Il me permettra de tirer le maximum des informations obtenues ici. De les valoriser.

L'appareil photo crépitait. Jay exhala un nuage de fumée, suivit les volutes d'un œil faussement détaché.

— Ce qui compte beaucoup pour vous...

— Evidemment !

A dire vrai, elle trouvait la partie laboratoire assez fastidieuse. La recherche sur le terrain la fascinait autrement !

— Si je comprends bien, reprenait Jay, cela représenterait un sacrifice énorme pour un scientifique d'abandonner le meilleur laboratoire du pays pour venir s'installer au milieu du Pacifique.

Le déclic de l'appareil se tut brusquement. Rester ici, pour toujours, avec Jay ? Mais ce serait le paradis... Un frisson d'excitation courut dans son dos. Elle ferma les yeux. Pouvoir étudier la forêt, appartenir à cette famille aimante, attentionnée, s'asseoir aux pieds de Ian et l'écouter parler de ses travaux. Et surtout, surtout, passer une vie entière avec Jay ! Que pouvait-elle désirer d'autre ?

Ann reposa son appareil. S'agissait-il d'une demande en mariage ou voulait-il s'assurer qu'elle avait envie de vivre ici avant de se lancer ?

Le feu aux joues, elle se retourna... Plus personne. Elle n'aperçut qu'une silhouette rigide qui s'éloignait entre les arbres. Combien de temps était-elle restée à rêver sans lui répondre ? Combien de temps avait-il attendu qu'elle parle avant d'abandonner ?

Ils avaient dîné dans un silence tendu. Ann avait rédigé ses dernières notes, Jay fumait et lisait sans mot dire, se contentant de répondre poliment quand elle lui adressait la parole. Comme s'il avait déjà pris congé d'elle.

Et maintenant elle était sous les draps, les yeux grands ouverts dans l'obscurité, cherchant désespérément un moyen de renouer le contact. La pluie tambourinait sur la tente. Il fallait qu'elle lui parle. C'était sa dernière chance.

— Jay...

Elle tendit timidement la main, la posa sur son épaule. Puisque tous ses efforts avaient échoué, elle était prête à abdiquer sa timidité naturelle pour qu'il comprenne enfin la force de son amour et tout ce qu'il représentait pour elle.

Il ne s'était pas retourné et elle ne bougeait pas, laissant sa chaleur glisser en elle.

— Oui ?

— Je veux que vous sachiez... combien j'apprécie tout ce que vous avez fait pour moi. Abandonner votre travail pendant un mois et...

— Ça n'a rien à voir avec vous, Ann. Je l'avais promis à mon père bien avant de vous rencontrer.

Elle humecta ses lèvres.

— Mais vous vous êtes montré très patient et je vous en remercie...

— Il n'y a pas de quoi. Bonne nuit.

Il bougea, se libérant de sa main. Ann étouffa un gémissement. Elle devait lui dire !

— Jay ?

Il afficha un soupir exaspéré.

— Qu'y a-t-il ?

— Voudriez-vous...

Elle respira un grand coup et se lança avant d'avoir perdu tout courage :

— Voudriez-vous m'embrasser ?

Un terrible silence lui répondit. Dans le noir, elle sentit Jay se tourner vers elle...

— Vous embrasser ? Et pourquoi ? Parce que vous espérez qu'un baiser va entraîner l'autre ? Vous voulez sans doute tester votre nouveau pouvoir, savoir si je vais encore perdre la tête ?

Ses mots la frappaient comme autant de gifles, marqués d'une fureur à peine contenue.

— Cherchez-vous à m'aguicher, Ann ? Le petit professeur veut faire l'excitante expérience de l'amour avant de retourner à son laboratoire, histoire d'emporter un souvenir du paradis tropical !

— Jay ! Comment pouvez-vous...

— Il serait temps de regarder les choses en face, professeur Lowry ! Le jour de votre arrivée vous n'étiez qu'une femme-enfant pleine de zèle, vivant pour la science à l'exclusion de toute autre chose. Depuis, vous vous êtes découverte femme et vous voulez expérimenter tous les désirs, tous les plaisirs d'une adulte. Parfait, Ann, c'est votre droit. Mais il n'y a pas que les droits, les devoirs vont avec ! Vous n'êtes pas une petite fille lâchée dans un magasin de jouets, qui peut se servir à sa guise !

Sa voix baissa d'un ton, mordante, dangereuse.

— Et surtout, Ann, je ne suis pas un pantin.

Il se pencha sur elle, souffle brûlant sur son visage. Les mots pleuvaient, décapants, humiliants.

— Maintenant que vous avez grandi, Ann Lowry, vous devez prendre vos responsabilités. Si vous voulez jouer, il faut jouer à fond. On n'évite ni les coups ni les blessures dans ce genre de jeu... Alors, tenez-vous toujours à me séduire, professeur ?

Ann enfouit son visage dans ses mains et se détourna, trop honteuse pour prononcer un seul mot.

Longtemps après elle entendit Jay se lever. Il disparut dans la nuit.

Les affaires étaient bouclées. Jay prit la tête, entamant la longue marche qui devait les ramener à leur point de départ... Il était devenu un étranger, parlant par monosyllabes, ne se retournant pas une seule fois pour vérifier si elle parvenait à le suivre. Quand Ann aperçut la Jeep à travers le rideau de brouillard, elle poussa un soupir de soulagement.

Enfin ils arrivaient... Jay arrêta la Jeep près d'une autre voiture, garée juste devant la maison.

— Nous avons de la visite. Janet et Colin... Ils n'aiment pas laisser papa seul pendant mes absences.

— Doc Jaimie !

La voie aiguë de Laela ameuta toute la maisonnée. Trois secondes après, elle était suspendue au cou de Jay.

— Tu m'as manqué, doc Jaimie !

— Toi aussi, la Puce. Pour ne pas perdre l'habitude de balader quelqu'un dans mes bras, je me suis entraîné avec Ann.

Elle ouvrit de grands yeux incrédules et éclata de rire.

— Evidemment, elle ne pèse pas beaucoup plus lourd que moi !

Jay la reposa à terre. Sa sœur et son beau-frère arrivaient.

— Regardez-moi ça ! s'exclama Janet. Il a l'air encore plus sauvage qu'à son départ ! Ann, moi qui croyais que vous alliez civiliser mon cher frère...

Elle s'interrompit, bouche bée devant la superbe jeune femme qui s'avançait... Etait-ce bien celle qu'on lui avait présentée un mois auparavant ? Cette auréole de cheveux blonds, cette mine resplendissante, cette peau dorée par le soleil... Colin s'empressa de faire diversion, pour dissimuler la stupéfaction un peu trop visible de sa femme !

— Laisse-moi les bagages, Jay ! Ton père vous attend avec impatience. Courez !

Restée seule avec Colin, Janet lui lança un clin d'œil complice :

— Qui aurait pu prédire une telle métamorphose ?

Colin se mit à rire.

— On dirait que le style primitif de ton frère a déteint ! Mais je dois dire que, sur ce petit professeur, le résultat n'est pas déplaisant... A y regarder de plus près, on pourrait même penser...

— Laisse donc les œillades à Jaimie ! Il se charge de la regarder pour deux !

— Jay ! Ma chère Ann !

Le vieux professeur les accueillit à bras ouverts. Si la nouvelle allure d'Ann le surprit, il n'en laissa rien paraître.

— J'ai tellement hâte d'entendre le récit de vos découvertes ! Etes-vous satisfaite, au moins ?

— Votre forêt offre un merveilleux champ d'expérience, professeur ! Je n'aurais pu rêver mieux. Je crois même avoir découvert une nouvelle espèce d'orchidée...

— Vraiment ? Quelle excellente nouvelle ! Et toi, mon fils ? Tout s'est bien passé ?

— Très bien, papa. Mais si tu veux bien nous excuser, je crois qu'on a besoin de secouer la poussière du voyage. Nous pourrons bavarder après.

— Allez vous rafraîchir! Mala a prévu un dîner somptueux. Et elle t'a préparé des litres de glace au chocolat!

— Parfait... A tout à l'heure.

Le vieux professeur le regarda sortir d'un air pensif. Jay était d'habitude plus causant, surtout quand il était question de glace au chocolat...

Jay et Ann montèrent ensemble. Laela pépiait à leurs côtés, suspendue au bras de son cher docteur. Quand ils arrivèrent devant la chambre de la jeune femme, Jay s'arrêta un instant, comme s'il allait parler. Ann attendait... Mais déjà il s'était ravisé et continuait avec Laela.

Ann entra, contemplant le merveilleux mobilier d'un air indifférent. Tout ce dont elle rêvait à présent, c'était d'une tente et d'un matelas à partager avec Jay...

Son œil rencontra la psyché. Surprise, elle se rapprocha. Elle avait l'impression de dévisager une inconnue... Instinctivement, elle porta la main à ses cheveux, une crinière d'or embrouillée, presque sauvage... Et cette joue hâlée par le grand air! Jamais elle ne s'était connu un tel éclat. Son regard descendit le long de son corps mince, à peine dissimulé par la chemise et le short. Une rougeur brûlante lui monta au visage. Voici donc la jeune femme que Jay avait vue...

Elle fit couler un bain et se relaxa longuement, laissant la chaleur de l'eau détendre ses muscles noués. Puis elle s'enveloppa d'un peignoir et se glissa entre les draps frais, cédant à l'épuisement.

Un léger coup frappé à la porte la tira du sommeil.

— Oui, entrez!

Le visage de Janet apparut.

— Je vous réveille, Ann ?

— Heureusement ! Je dors depuis longtemps ?

— Presque deux heures. Le dîner va bientôt être prêt et je voulais vous voir avant que vous ne vous habilliez.

Elle entra dans la chambre et Ann comprit qu'elle dissimulait quelque chose derrière son dos.

— Qu'est-ce que c'est ?

Janet sourit.

— Vous aviez aimé ma robe, alors j'en ai cherché une pour vous à Honolulu. Regardez...

Elle déposa une large boîte sur ses genoux et, entre deux couches de papier de soie, Anne découvrit la plus jolie robe qu'il lui ait jamais été donné de voir ! Elle sauta du lit et virevolta devant le miroir en la tenant contre elle.

— Oh ! Janet ! Je ne sais que dire... C'est une vraie merveille !

— Je suis ravie qu'elle vous plaise. Espérons qu'elle vous ira !

Sans aucun embarras — ce qui ne lui ressemblait guère —, Ann ôta son peignoir et passa la robe devant Janet, qui l'aida à remonter la fermeture Eclair et se recula pour juger de l'effet.

Le corsage ajusté, très décolleté, était retenu aux épaules par deux rubans et la jupe tombait jusqu'aux pieds en plis gracieux. Le tissu était d'une soie légère, lavande et rose.

— Ann, c'est parfait ! Tenez, voilà-pour porter avec.

Elle exhiba deux adorables sandales de soirée, aux talons vertigineusement fins, retenues par des rubans lavande qui s'enroulaient autour de la cheville. Ann poussa une exclamation ravie et les essaya immédiatement. Rose de plaisir, elle se jeta au cou de Janet.

— Quel ravissant cadeau ! J'ai tout à fait l'impression d'être Cendrillon !

Janet sourit. L'émerveillement presque enfantin d'Ann rappelait un peu celui de Laela.

— Je vous laisse, maintenant. A tout à l'heure au dîner !

— Janet !

La jeune femme s'arrêta sur le seuil.

— Merci...

— Ann, ma chère... Venez donc vous asseoir.

Ian, installé dans le patio avec son fils, se levait péniblement et lui indiquait un siège à ses côtés.

— Jaimie, prépare donc un verre à notre invitée !

Depuis son arrivée, Jay ne l'avait pas lâchée des yeux, comme un fauve qui guette sa proie... Ann se sentit soudain mal à l'aise dans sa vaporeuse robe de soie.

— Jaimie me parlait justement d'un de ses articles qu'on vient de publier, reprenait Ian, sur la prévention des maladies tropicales par la sélection du cheptel à la reproduction. Il a expérimenté cette méthode sur l'île.

Jay sortait les bouteilles du bar. Il semblait uniquement préoccupé de la confection des cocktails...

— Fantastique ! fit Ann pour dire quelque chose. Les expériences ont dû vous prendre du temps...

— J'en ai plus qu'il ne m'en faut !

Il lui tendit son verre et sa main s'attarda un instant sur la sienne.

— Je ne connaissais pas cette robe.

Ann rougit.

— C'est un cadeau de votre sœur.

— Elle vous va à ravir, Ann. Vous êtes très belle.

La jeune femme sentit sa gorge se nouer. D'une voix étranglée, elle balbutia :

— Je... Merci...

Janet et Colin les rejoignirent et, bientôt, Mala annonçait le dîner. Elle avait mis les petits plats dans les grands, préparant à l'intention de Jay une spécialité écossaise à base de haddock fumé, le *finnan haddie*, accompagné de pommes de terre et de légumes en ragoût. Dans la corbeille de pain trônait une miche encore tiède, juste sortie du four...

Curieusement, malgré l'appétit qu'aurait dû provoquer un mois de régime frugal en forêt, les deux explorateurs chipotaient... Manifestement, Jay se forçait pour ne pas décevoir Mala qui tournait autour de lui comme une mère poule qui retrouve son poussin égaré !

Plus la soirée avançait, plus Ann avait du mal à donner le change. Quand on l'interrogeait sur ses recherches, elle répondait machinalement, crucifiée par le regard sombre de Jay. C'était une vraie torture de ne pouvoir lui parler. Il se tenait à ses côtés, aussi inaccessible que si un océan les séparait... Ce qui se produirait demain, si elle ne réussissait pas à provoquer un tête-à-tête. Mon Dieu ! Il lui restait si peu de temps !

La conversation s'animait mais Ann n'écoutait plus. Questions et réponses se fondaient en un bourdonnement indistinct... Soudain Jay se leva, souhaita le bonsoir à tous. Il partait se coucher... et rien n'avait été dit.

Ses bagages étaient prêts... Sanglée dans le petit costume strict qui lui semblait curieusement étriqué, Ann jeta un dernier regard à cette chambre qui lui rappellerait tant de souvenirs.

— Bonjour, ma chère ! Les valises sont bouclées ?

Ian l'accueillait en se levant, toujours aussi courtois. Elle se força à sourire.

— Oui, tout est prêt.

— Nous partons par le même avion que vous, Ann, fit Janet en lui servant une tasse de café. J'espère que nous pourrons faire quelques courses toutes les deux avant votre correspondance ! Honolulu regorge de magasins !

Ann acquiesça d'un air absent. Elle ne pensait qu'à Jay. Où était-il ? Sans l'avoir voulu, Mala lui fournit la réponse. Elle plaça devant chacun une assiette fumante en grommelant :

— Jay est encore parti sans avaler une miette ! Soigner une vache, à ce qu'il paraît... Professeur Mac Farland, ce garçon-là va se rendre malade !

Parti ? Ann sentit son cœur se briser. Il la quittait sans un mot...

— Ah ! j'oubliais, petit professeur... Avant d'aller se tuer au travail, Jaimie m'a dit de vous souhaiter bon voyage. Et tout le succès possible pour vos recherches.

— Merci, Mala.

Elle baissa les yeux, refoulant les larmes qui lui brûlaient les paupières. Janet lança un regard inquiet à son mari et tenta de faire diversion :

— La vie sauvage vous réussit merveilleusement, Ann ! Vous vous êtes épanouie comme une fleur ! Mon barbare de frère ne vous a pas trop martyrisée ?

Ann avala difficilement sa salive :

— Non... Nous avons eu quelques petites... discussions, voilà tout.

— Un bon point pour vous, fit Colin en riant. Il n'y a rien que Jay aime autant qu'une bonne dispute !

— Si vous voulez bien m'excuser...

La jeune femme repoussa sa chaise.

— Je n'ai pas vraiment faim et j'aimerais vérifier une dernière fois que je n'ai rien oublié.

Elle quitta la salle à manger, suivie de trois regards pensifs.

— Mettez-vous à côté de moi, professeur Lowry ! Vous serez mon copilote !

Un grand sourire épanouissait le visage lunaire de Moï. Janet et Colin s'installèrent à l'arrière et le petit avion qui assurait la liaison inter-îles décolla.

Kalaï n'était déjà plus qu'un petit point, bientôt englouti par la mer. Ann le suivit des yeux aussi longtemps qu'elle put. Derrière, Janet et son mari bavardaient tranquillement. Elle serra les poings et s'enferma dans ses pensées...

Une silhouette solitaire se dressait près de l'enclos. Abritant ses yeux du soleil, l'homme regardait le petit avion amorcer sa montée dans l'air pur... Elle s'était insinuée en lui. Cette petite missionnaire si convenable avait bouleversé sa vie. Pourquoi avait-il fallu qu'elle croise son chemin ?

La trace argentée de l'appareil se fondit à l'horizon. Le bétail meuglait... Il retourna à son travail, maudissant sa stupide fierté d'Ecossais.

Chapitre dix

— Vous avez hâte d'être rentrée chez vous ?

Colin les avait laissées au restaurant de l'aéroport. Tout compte fait, Ann avait préféré éviter l'épisode shopping. Elle n'avait vraiment pas l'esprit à ces futilités.

— Je n'en sais trop rien, Janet... Je crois que je suis tombée amoureuse de votre île.

La jeune femme sourit gentiment :

— De l'île... ou de mon frère ?

— Je suis donc si transparente ?

— Pas moins que Jay en tout cas !

— Jay ? Mais...

— Ann, ça crève les yeux ! Ce pauvre garçon est tellement amoureux qu'il en fait pitié. Je me demande quel philtre vous lui avez fait avaler !

— Vous vous trompez, Janet. Il ne peut plus me supporter... Au début, il se montrait très gentil avec moi. Il m'a appris à rire sans remords, à accepter la taquinerie... à pleurer, même ! Petit à petit, il me devenait indispensable. Et quand j'ai essayé de... de lui avouer mes sentiments, il m'a repoussée ! Oh ! Janet... Est-ce que je peux tout vous dire ?

— Bien sûr. Vous avez besoin de parler.

— Le dernier jour de l'expédition, il m'a

145

demandé si j'accepterais d'abandonner la partie labo de mes recherches pour demeurer sur l'île.

Ses yeux se brouillèrent de larmes.

— Si vous saviez... Je ne tiens pas tant que ça au travail de laboratoire ! Le sacrifice ne serait pas bien grand, comparé à ce que Jay m'apporterait. Mais avant que j'aie eu le temps de réaliser ce qui m'arrivait, il était parti. Je n'ai même pas pu lui répondre. Ensuite, il m'a soigneusement évitée. Je l'ai perdu.

Comme les premières heures de l'amour étaient douloureuses ! Janet se souvenait de ses propres doutes, quand elle avait rencontré Colin. Si seulement elle pouvait les aider, elle et ce pauvre frère empêtré dans sa fierté !

— Je vais vous révéler un secret, Ann. Il y a des années, Jay a demandé en mariage une de mes amies. Elle venait juste de terminer ses études de médecine et on lui offrait un poste en or à San Francisco. Elle n'a pas voulu y renoncer pour s'installer sur l'île. Peut-être était-ce un sacrifice trop dur, peut-être ne l'aimait-elle pas assez... Enfin, elle l'a repoussé.

— Alors il a pensé que je réagissais de la même façon ! Mais c'est injuste ! Il aurait pu me laisser m'expliquer !

— Si je vous ai raconté cette vieille histoire, Ann, c'est pour que vous compreniez une chose : vous n'êtes pas la seule à craindre d'être rejetée. Même de grands costauds comme mon frère peuvent souffrir, quand l'amour qu'ils portent n'est pas payé de retour... Mais tout n'est pas perdu ! Pourquoi ne pas retourner lui dire que vous l'aimez ?

Ann secoua tristement la tête :

— Je ne supporterais pas l'humiliation d'un nouveau refus. Il m'a parlé si cruellement la dernière fois... Non, je repars à Boston, Janet. J'ai besoin de mettre un peu de distance entre lui et moi.

Le haut-parleur annonçait l'embarquement. Elle serra Janet dans ses bras.

— Je vous en prie, pas un mot à Jay de cette conversation.

— Promis. Mais vous avez tort de partir. Enfin ! Je vous souhaite bonne chance, Ann. Et j'espère vous revoir...

Le jumbo-jet s'élevait au-dessus du Pacifique... Ann ferma les yeux, essayant de chasser l'image du géant à barbe rousse qui ne lui avait appris l'amour que pour mieux briser son cœur. Les dernières paroles de Janet l'obsédaient. Aurait-elle dû tenter cette dernière chance, quitte à essuyer un refus ? Jay le lui avait bien dit : pour s'assumer comme adulte, il fallait en payer le prix... Les risques représentaient le prix de l'amour. Chaque fois qu'un homme demandait une femme en mariage, il mettait tout en jeu, son avenir, ses sentiments. Et il s'exposait à être rejeté. Pourquoi les femmes ne prendraient-elles pas les mêmes risques ? Après tout, dans d'autres domaines comme celui de la réussite sociale, il leur fallait jouer le jeu à fond. Alors pourquoi pas en amour ?

Quand l'aéroport neigeux de Boston se profila au loin, Ann avait pris sa décision. Elle avait livré une terrible bataille contre elle-même mais c'était dit. Elle allait demander un congé à l'université et revendre sa petite maison. Elle tenterait le tout pour le tout. Par amour. Et, ce faisant, elle donnait à Jay le pouvoir de la détruire...

La radio annonçait la pire tempête de neige de tout l'hiver... Ann descendit une nouvelle caisse de livres dans le couloir. Mieux valait dégager son perron tout de suite. Elle enfila un anorak, glissa ses cheveux sous une casquette de laine, prit sa grosse paire de moufles rouges et pelle en main, se lança à l'assaut du monticule de neige qui encombrait déjà sa porte. De toute façon, il lui serait impossible de partir aujourd'hui. A cause des conditions météorologiques, tous les vols se trouvaient annulés.

Tout autour d'elle, les lourds flocons tourbillonnaient. Une épaisse couverture blanche recouvrait la ville, feutrant les bruits, étouffant même le vrombissement de la circulation.

Dans son souvenir, l'image du géant roux restait si vive qu'elle avait l'impression de le croiser partout. Chaque étranger prenait soudain son allure, sa voix... Même à présent, entre deux pelletées de neige, elle se l'imaginait tout près... Cette haute silhouette aux contours estompés par le brouillard... Rien qu'à le voir approcher, elle en frissonnait. Stupide. Elle n'allait pas se mettre à dévisager les inconnus à présent ! Résolument, elle se remit au travail.

— Moi qui ai toujours détesté la neige, j'arrive à pic.

La pelle lui tomba des mains. Cette voix grave... Elle pivota d'un bloc ; un froncement de sourcils roux émergeait d'une vaste parka. Les poings campés sur les hanches, le sauvage de Kalaï la regardait...

— Jay !

Il resta une seconde immobile, comme fasciné par le petit lutin blond qui n'en croyait pas ses yeux, puis d'un geste furieux il attrapa pelle d'une main lutin de l'autre et fit rentrer tout le monde à l'intérieur.

La chaleur du couloir les assaillit. Ann cherchait l'air... Son cœur jouait aux montagnes russes ; si ça continuait, elle allait exploser...

— Je viens de l'université, fit Jay d'un ton rogue. Ils m'ont dit que vous preniez un congé.

Il dénombrait les caisses qui s'entassaient au bas de l'escalier. Ann hocha la tête.

— Vous avez rasé votre barbe...

— Oui. Ça m'arrive de temps en temps. Qu'est-ce que vous en pensez ?

— Vous êtes plutôt... beau garçon. Dans le même genre que votre père, une mâchoire bien carrée et une bouche...

Elle s'arrêta, rougissant devant son sourire amusé. Le premier sourire.

— Vous ne voulez pas examiner mes dents, pendant que vous y êtes ? Du solide, vous savez !

Ann éclata de rire.

— Alors vous venez de l'université ? Mais que faites-vous à Boston ?

Il déboutonna sa lourde parka et la jeta sur une chaise.

— Je pourrais vous dire que je passais là par hasard. Mais vous ne me croiriez pas, n'est-ce pas ?

Elle aurait voulu répondre... Les mots se bloquaient dans sa gorge. Il était si grand... Encore plus impressionnant que dans son souvenir.

— Pourquoi avez-vous quitté l'université, Ann ?

— Je... j'ai besoin de changer d'air. Au moins quelque temps.

— Et vous allez où ?

— A la rencontre d'une nouvelle vie.

Elle s'était détournée, cherchant à se donner une

contenance. Jay ferma les yeux. Un éclair de douleur contractait son visage... Ann avait filé dans la
cuisine.

— Voulez-vous du café ?

— Non. Je n'ai pas traversé la moitié du globe
pour une tasse de café ! Revenez, Ann ! J'ai à vous
parler.

— Bien. Mais laissez-moi faire une mise au
point...

— Pas question ! Vous n'ouvrirez pas la bouche
avant de m'avoir entendu jusqu'au bout !

Le ton était sec. Il n'y avait pas à s'y méprendre,
Jay donnait les ordres. Et Ann ne supportait pas
d'obéir ! Elle soutint fermement son regard.

— Vous manquez beaucoup à mon père...

— A votre père ?

Sa surprise l'empêcha de répliquer.

— Depuis que vous êtes partie, la solitude lui
pèse. Il regrette vos conversations, la pertinence de
vos questions...

— Si je comprends bien, vous avez fait tout ce
chemin pour rendre service à votre père !

Elle ébaucha un sourire.

— Bel exemple de piété filiale...

Les traits de Jay se détendirent et Ann sentit son
cœur chavirer...

— Je suis un bon fils, vous ne l'aviez pas
remarqué ?

— Mmm... Oui. Parlons un peu du fils, pendant
que nous y sommes. Je lui ai manqué, à lui aussi ?

Il posa un doigt sur ses lèvres.

— Taisez-vous, professeur Lowry. Et écoutez-
moi. Quand vous êtes partie, vous avez emmené le
soleil avec vous. Mon paradis est devenu un enfer.

Revenez, je vous en prie. Que la terre tourne à nouveau dans le bon sens...

— Jay, vous avez bouleversé ma vie. Vous m'avez appris à rire, à pleurer... Ma routine habituelle ne me suffit plus. C'est pour cette raison que j'ai fait mes malles. Je suis décidée à prendre des risques. Tenez, lisez...

Elle lui tendit un billet d'avion.

— Destination Hawaii ? Je ne comprends pas...

— Nous avons failli nous manquer, Jay. Je devais partir ce soir pour vous rejoindre. La tempête de neige m'a retardée. Le pécheur a converti la missionnaire... Il m'est impossible de vivre sans vous.

Un pan de la maison lui serait tombé sur la tête qu'il n'aurait pas eu l'air plus abasourdi.

— Me rejoindre... Vous veniez vraiment me...

— Oui. Vous offrir mon cœur. Vous supplier si nécessaire.

— Ann... Je venais me traîner à vos genoux ! J'étais prêt à tout, à ramper s'il le fallait pour vous ramener !

Il l'attira contre lui.

— Petite Annie, je n'ai jamais été si seul que depuis votre départ.

Elle se haussa sur la pointe des pieds, effleura ses lèvres. Leur baiser fut aussi doux que le premier flocon de neige. Mais il la serra plus fort et la tempête se déchaîna, libérant une passion trop longtemps refrénée. Jay souleva Ann dans ses bras et la porta au salon. La pièce était nue, à l'exception d'une chaise.

— Où est passé le mobilier ?

— J'ai tout vendu. C'était un départ sans retour...

Il la déposa sur la chaise et fit la grimace.

151

— Nous ne tiendrons jamais à deux là-dessus. Ne me dites pas que le lit aussi...

Ann éclata de rire.

— Non. Il est toujours là-haut !

— Vous me rassurez. Savez-vous que, sur l'île, il suffit aux indigènes de dire trois fois « je t'épouse » pour être légalement mariés ?

— Jay ! C'est le mensonge le plus éhonté que j'ai jamais entendu !

— Je pouvais toujours essayer... Mais quand on a affaire à une encyclopédie vivante, évidemment... Bien ! Il va donc falloir que je passe par les moyens légaux pour vous épouser ?

— Absolument. J'insiste !

— Dans ce cas...

Il s'agenouilla près d'elle et pressa ses lèvres sur la paume de sa main.

— Ann, je sais que les trois quarts du temps je ne suis qu'un abominable plaisantin mais, cette fois, je parle sérieusement. Au début, vous étiez pour moi une sorte d'énigme, je voulais découvrir la femme sous la sévérité de la scientifique. Le jeu s'est bientôt transformé en passion, une violente attirance physique qu'il me fallait satisfaire à tout prix. Mais, du jour où j'ai compris ce que vous représentiez pour moi, j'ai su que je ne pourrais me contenter de vous séduire. Je vous voulais à moi tout entière. Corps et âme. Ann, je vous en prie, épousez-moi.

— C'est mon plus cher désir, Jay. Je vous aime. J'étais prête à abandonner tout ce qui faisait ma vie pour vous, sans même savoir si vous m'accepteriez. Je vous veux mais...

Un sourire espiègle se joua sur ses lèvres.

— ... mais il y a une chose que j'exige.

Jay écoutait gravement. La plus dure épreuve lui paraîtrait douce si, au bout, Ann se donnait à lui.

— Il est hors de question que j'accepte... la glace au chocolat sur la table du petit déjeuner !

Il éclata de rire :

— Même si on la verse sur des céréales protéinées ?

Ann réfléchit quelques instants.

— Cette solution peut être envisagée. Après tout, ce serait bon du point de vue nutritif et moins mauvais au goût ! Vous voyez que vos leçons portent leurs fruits... Vous m'avez appris à apprécier certaines choses uniquement pour le plaisir !

— Puisque vous en sommes à parler plaisir... Elle décela l'étincelle amusée dans ses yeux.

— La météo annonce la tempête du siècle. D'après les prévisions, elle va durer au moins huit jours. Nous sommes donc coincés ici. Tous les deux, tout seuls...

— Très juste. Il va falloir nous trouver des occupations. Voyons...

Le visage d'Ann s'illumina comme sous l'effet d'une idée géniale.

— Je sais ! Nous allons nous livrer à des expériences ! Il y en a une que je meurs d'envie de tenter.

— La femme de science reprend le dessus, grommela Jay. Ne pouvez-vous arrêter vos recherches cinq malheureuses minutes ?

— Je crois que ce genre d'expérience vous sourira... A une certaine époque, il m'a été suggéré de décider quel type d'homme était le plus viril : le barbu broussailleux ou le rasé de frais...

Un rugissement de rire accueillit son allusion :

— Professeur Lowry, je suis tout prêt à donner mon corps à la science !

— Méfiez-vous... Cette recherche risque de prendre du temps. Des jours, des semaines... Peut-être faudra-t-il plusieurs mois pour arriver à des conclusions satisfaisantes !

— Je saurai être courageux. Après tout, c'est dans l'intérêt de la science !

Il enfouit ses lèvres dans le nuage de cheveux blonds et reprit la jeune femme dans ses bras.

— Que diriez-vous de passer votre lune de miel dans une forêt tropicale, professeur ?

Elle se blottit contre lui, effleurant les cheveux drus, la ligne carrée de sa mâchoire.

— Hum... J'aimerais assez retourner là-bas pour retrouver le sauvage dont je suis tombée amoureuse !

— Il n'y a plus de sauvage, petite Annie. La missionnaire l'a converti. Vous avez gagné !

— Ne serait-ce pas le pêcheur qui l'a emporté sur les principes de la missionnaire ?

D'une main encore timide, elle déboutonnait la chemise de Jay. Il sourit et la serra tout contre lui. Elle entendait le battement déchaîné de son cœur...

Il inclina la tête, ses lèvres vinrent agacer le creux sensible à la base de sa gorge. Ann s'enflamma. Un frisson brûlant courait sur sa peau... Jay sentit sa réaction. Il la porta vers l'escalier, murmurant tout contre sa tempe :

— Nous avons tous deux gagné, petite Annie. Un vrai trésor... Toute une vie d'amour.

Chère Lectrice,

Duo s'apprête à fêter l'été avec vous.
Vous ne trouverez pas le mois prochain les livres
de la Série Romance que vous aimez. Ne vous
étonnez pas. Duo vous prépare un très beau cadeau
pour le mois de juin.
Merci d'être fidèle à Duo et rendez-vous à l'été!

Série Romance

249   **DIXIE BROWNING**
Clair de lune aux Caraïbes

Lorsque Harvey Smith, le richissime homme d'affaires,
demande à Maud de rester à Rougemont, cette propriété
qu'elle aime par-dessus tout, pour lui servir d'intendante,
elle accepte avec enthousiasme, inconsciente
des risques auxquels elle s'expose.

250   **ELIZABETH HUNTER**
Passeport pour le paradis

Australiens, Américains, défilent dans le bureau
de Sarah, la jeune généalogiste, respectueux
des révélations qu'elle va leur faire. Un seul homme
ose la traiter en femme et non en savant: James Foxe.
Et du jour où il fait irruption dans sa vie,
finie la tranquillité!

Ce mois-ci

Duo Série Harmonie

Duo Série Désir

Duo Série Amour

Achevé d'imprimer sur les presses de l'Imprimerie Bussière
à Saint-Amand-Montrond (Cher)
le 25 mars 1985. ISBN : 2-277-80252-2. ISSN : 0290-5272
N° 114. Dépôt légal mars 1985. Imprimé en France

Collections Duo
27, rue Cassette   75006 Paris
diffusion France et étranger : Flammarion